d

Otto Jägersberg

Die Frau des Croupiers

PROSA

Diogenes

Alle Rechte vorbehalten
Copyright © 2016
Diogenes Verlag AG Zürich
www.diogenes.ch
20/16/852/1
ISBN 978 3 257 06972 3

Inhalt

BUTTERMILCH

DICHTER IM GROSSEN HAUPTQUARTIER

MANN OHNE GESICHT

DIE FRAU DES CROUPIERS

DER MAISFELDSCHLÄFER

MATA HARIS LETZTE WORTE

Das Brückenexperiment

Man führe eine beliebige Frau, Erika, Christiane, Olga, Doris oder Brigitta, auf ein schwankendes Brückchen hoch über einer tiefen Schlucht, durch die ein Gebirgsbach dahinschießt, halte in der Mitte desselben die Frau an, hefte seine Augen in die ihren und gestehe ihr – nun ja, etwas die Absicht, sie zu verführen, Beinhaltendes, aber glaubhaft muss es schon sein.

Und die Brücke muss schwanken!

Im Gashandel

Am Richtgerät des Granatwerfers. Windrichtung, Luftfeuchtigkeit ... nach Angaben von der Front gerechnet, dann das Kommando gegeben ... und rein in die Russen ... Nichts dabei gedacht ... Hurra, auf die Schulter geschlagen, wenn der Frontmann Treffer meldete ... Dann selber dran ... Heidelberg, Lazarett, Zimmer 164 ... Die Krankenschwester war eine Nonne aus Amorbach ... Nach der Operation wäscht sie ihn ... Drei Tage geht das so ... Mein Gott, sie war aber auch eine ... Am Mittwoch haun sie beide ab ... Später war er im Gashandel ... Konnte ja ein bisschen Russisch ... Mit der Frau hielt das nicht lange ... Aber ins Kloster ging sie nicht zurück.

Inventur

Es ist kein Kraut gegen die Zeit. Lass sie ein Köpfchen aus Prag haben, die Brüste aus Salzburg, ein Pariser Bäuchlein, ein Heidemöslein aus Lüneburg, einen Rücken aus Amsterdam, Hände aus Cornwall, Füßchen aus Peking, einen Berner Hintern, einen venezianischen Gang, ein Hemdchen aus Brüsseler Spitze … Man kommt nicht allem auf die Spur. Die Nacht ist ewig nicht, der Zeiger tickt.

Männer in ihrer Funktion als kleine Jungs

Fußball war früher was für Kinder und ein Sauf-
anlass für Alte. Kein Intellektueller ließ sich im
Stadion sehen. Das wurde ab 1965 anders. Walter
Jens hatte noch nicht den Mund aufgemacht, da waren Abteilungsleiter des Fernsehens schon auf dem
Platz und schrien mit. Sie wählten sich einen Verein,
fieberten um sein Stirb und Werde und genossen
ihre Solidaritätsgefühle. Von Hellmuth Costard
wurde ein Film gesendet, der ein ganzes Spiel lang
nur George Best zeigte, damals der beste Fußballer.
Er kam bloß drei- oder viermal an den Ball. Allein
deswegen ein großartiger Film.

Die Länge eines Fußballspiels wurde zur Richt-
zeit für den Tatort, und im Vorspann kann man
noch heute einen Mann sehen, der scheinbar um
sein Leben rennt. In Wirklichkeit läuft er einem Ball
nach, nur haben sie den Ball rausgeschnitten.

Was Kindern erlaubt ist, eine Weltnachbildung,
ein Symbol für unseren Planeten mit den Füßen zu
treten, dürfte keine öffentliche Präsenz haben. Es
scheint aber, dass für Ausübende und Zuschauer gerade das der Kick ist: ein Ideal mit Füßen zu treten.

Auch aus hygienischen Gründen sollte diesem Unsinn ein Ende gemacht werden. Wir wissen, dass Pubertierende mit dem Spucken ihre Ejakulationsfähigkeit demonstrieren wollen. Die Fußballer in den Stadien aber sind Ausgewachsene! Wie man sich freiwillig in den fürchterlichen sogenannten Arenen oder im Fernsehen die auf den Rasen spuckenden und dann auf der Spucke zu Jubelhaufen rutschenden Spieler oder ihr konfuses Herumlaufen angucken kann, bleibt mir ein Rätsel.

Ganz widersinnig scheint mir auch das Toreschießen. Warum sich die angeblich sachkundigen Zuschauer diese Spielunterbrechungen gefallen lassen, verstehe ich nicht.

Die Fremde im Zug

Wie schön, ein Abteil für sich zu haben. Ich saß am Fenster, schaute ins Land und ließ meine Gedanken wandern.

Dann kam eine Frau und fragte, ob Platz sei. Bitte. Die Luft in den Abteilen ist nicht gut. Nicht weiter schlimm, wenn man allein ist. Sind andere Menschen mit im Abteil, meint man, die Ursache plötzlich zu kennen. Man sitzt nicht mehr entspannt, und die Gedanken sind auch nicht mehr so frei.

Ich möchte mich gern ein wenig hinlegen, sagte die Frau, natürlich nur, wenn es Ihnen nichts ausmacht.

Sie war eine unauffällige Frau, sorgsam gekleidet, sprach hochdeutsch, sanfte, angenehme Stimme.

Sagen Sie ruhig, wenn es Sie stört, ich lege mich nur hin, wenn es Ihnen wirklich nichts ausmacht.

Ich sagte, dass es mir nichts ausmachen würde. Sie unternahm aber nichts. Sie saß in der Ecke an der Gangseite und schien mich zu beobachten. Ich überlegte, ob ich ihr anbieten sollte, beim Ausziehen des Sitzes behilflich zu sein.

Ich möchte mir gern die Schuhe ausziehen, es liegt sich dann bequemer, sagte sie, natürlich nur, wenn es Sie nicht stört.

Ich versicherte, dass es mich nicht stören würde.

Sie bedankte sich freundlich. Ich brauche nur ein Wort zu sagen, dann würde sie die Schuhe selbstverständlich wieder anziehen. Ich würde es Ihnen keinen Moment verübeln, sagte sie und begann, den Sitz auseinanderzuziehen. Sie sei auch bereit, sich wieder korrekt hinzusetzen, wenn ich es nur wünsche.

Ich sah aus dem Fenster und hörte, wie sie sich die Schuhe auszog und sich hinlegte. Nach einer Weile wagte ich einen Blick. Sie lag stocksteif da, mit geschlossenen Augen. Durchaus eine hübsche Frau. Schon richtete sie sich wieder auf.

Riechen Sie es auch?

Ich roch nichts.

Fußschweiß, sagte sie, Fußschweißgeruch, ganz eindeutig. Sie drehte den Kopf und schnüffelte nach allen Seiten.

Ihre kleinen Füße steckten in makellosen Seidenstrümpfen, durch die violett die Fußnägel schimmerten.

Nicht, dass Sie meinen, es käme von meinen Füßen, sagte sie.

Natürlich nicht, sagte ich schnell.

Es riecht nur so als ob, sagte sie, es kann nur am Leder liegen. Sie schien ein wenig aufgeregt.

Ich röche absolut nichts, versuchte ich sie zu beruhigen.

Wenn ich es aber doch irgendwann riechen sollte, müsse ich es ihr sofort sagen. Ich versprach es.

Sie legte sich wieder hin und schloss die Augen. Ich konzentrierte mich auf die Wahrnehmungen meiner Nase. Normale Abteilluft.

Unauffällig betrachtete ich sie aus den Augenwinkeln. Sie war schlank, hatte attraktive Beine, trug ein dezentes Kostüm, eine weiße Bluse, ihr Gesicht war rundlich und faltenlos, dunkle, glatte Haare. Sie seufzte. Ich blickte aus dem Fenster.

Dass Leder so nach Fußschweiß riechen kann, hätten Sie das gedacht?

Ihr schien an meiner Antwort zu liegen. Sie richtete sich auf und sah mich neugierig aus großen, dunklen Augen an.

Nein, niemals, sagte ich.

Dann ziehe ich am besten meine Schuhe wieder an, sagte sie.

Aber, ich bitte Sie, ich rieche doch nichts! Es war mir wichtig, sie zu überzeugen. Ich wollte nichts mehr über Fußschweiß hören, sie sollte sich nur wieder hinlegen und die Augen schließen. Vorher musste ich ihr allerdings versprechen, sie augenblicklich zu verständigen, sobald ich den betreffenden Geruch wahrnehmen würde.

Ich hatte keine Freude mehr am Ausblick, ich rieb meine Nase, ich war nervös geworden. Was war nur mit der Frau?

Jetzt lachte sie. Sie hatte sich wieder aufgerichtet und lachte, wobei sie mit der Hand schamhaft den Mund verdeckte.

Eigentlich ist es ja egal, sagte sie, wenn das Schuhleder nach Fußschweiß riecht, ist es ja egal, ob ich die Schuhe anhabe oder nicht.

Ich versuchte zu lachen.

Dann schlafe ich jetzt weiter, das heißt, wenn Sie nichts dagegen haben?

Nein, sagte ich, wirklich nicht.

Sie legte sich wieder hin. Eine junge Frau, ein wenig zu gepflegt und elegant für solch ein Abteil, sie gehörte eher in die 1. Klasse. Was hatte sie nur mit dem Geruch? Sie schien nicht weiter verwirrt zu sein. Ich war wie ein Anwalt, der wider besseres Wissen seinen Mandanten verteidigt. Meine Mitreisende war bloß ungewöhnlich höflich und empfindlich, geruchsempfindlich, sie hatte lediglich diesen Fußschweißtick. Ich fand beruhigende Erklärungen für ihr Verhalten, trotzdem wurde mir das Abteil enger, ich begann, auf meine Atemzüge zu achten.

Es ist mir peinlich, dass ich Sie schon wieder störe, sagte sie, ohne sich aufzurichten, aber ich würde mir gern den Rock aufhaken, wenn Sie nichts dagegen haben.

Sie drehte den Kopf in meine Richtung, ein Auge war geschlossen, das andere verdeckte eine dichte Strähne ihrer Haare.

Es liegt sich bequemer, wenn ich den Rock aufmache, sagte sie, natürlich nur, wenn Sie einverstanden sind?

Ich war mir nicht sicher, ob sie mich gehen lassen würde, wenn ich behauptete, gleich aussteigen zu müssen.

Sie haben doch nichts dagegen, fragte sie, gerade als ich die Hand nach meiner Aktentasche ausstreckte. Es kam mir vor, dass sie diesmal lauter gesprochen hatte. Meine Zunge war trocken, ich schluckte, als sei zum Atmen schon zu wenig Luft. Sie würde mir nicht glauben, wenn ich behauptete, aussteigen zu müssen. Ich zog meine Hand von der Tasche zurück, ich war sicher, dass ihr Auge hinter der Haarsträhne geöffnet war und mich beobachtete.

Vielleicht konnte ich meinerseits durch ein ungewöhnliches Ansinnen die Situation entspannen. Ich sagte, bitte, tun Sie sich keinen Zwang an, es ist doch ziemlich heiß hier, auch ich würde mir eigentlich gern den Kragen lockern, natürlich nur, wenn Sie nichts dagegen haben.

Sie antwortete nicht. Ich zog den Knoten meiner Krawatte auseinander und knöpfte den obersten Hemdknopf auf. Sie reagierte nicht. Ich schloss die Augen und tat, als ob ich schliefe. Dann hörte ich, wie sie die beiden Vorhänge zum Gang vorzog.

Ich möchte nicht, dass man uns so sieht, sagte sie.

Ich wagte nicht, zu ihr hinzusehen. Sie würde mich gewiss genau beobachten und jede Regung von mir ausnutzen, um eine neue Ungeheuerlichkeit vorzubringen. Ich nahm mir vor, jede Äußerung oder Handlung von ihr zu ignorieren. Auch als ich das Knistern vom Herunterstreifen ihres Rockes vernahm, hielt ich krampfhaft die Augen geschlossen und versuchte, mich auf das Rattern der Räder unter mir auf den Schienen zu konzentrieren.

Vielleicht durchfuhren wir eine schöne Landschaft, ich konnte es nicht wissen, weil ich die Augen nicht zu öffnen wagte, und wahrscheinlich waren in dieser schönen Landschaft auch Tiere und Menschen, und wahrscheinlich war alles ganz normal.

So fuhren wir dahin.

Vom Trinken

Wer scharf denkt, muss klug trinken. Wer klug trinkt, denkt gescheit. Wer gescheit trinkt, denkt klug. Wer gut trinkt, denkt viel. Wer ordentlich trinkt, weiß viel. Wer alles trinkt, weiß nichts. Wer rechtschaffen trinkt, wird nicht vom Durst überrascht. Wer richtig trinkt, hat Glück bei den Frauen.

Weniger Licht

Das nur nachts bei totaler Dunkelheit von der menschlichen Zirbeldrüse produzierte Hormon Melatonin regelt den Wach-Schlaf-Rhythmus und hemmt gleichzeitig die Produktion anderer Hormone, die den Menschen nur zu unerwünschtem Herumspringen verleiten würden. Der Melatoninzyklus wird über den Lichteinfall in die Augen gesteuert. Licht, das von einer Straßenlaterne in ein Schlafzimmer fällt, hemmt die Produktion des Hormons. Solche Störungen stehen im Verdacht, zu Fehlfunktionen des Körpers und zu Krankheiten zu führen. Als häufigste Störung ist beim Menschen hier die schlechte Laune anzusehen.

Erste Maßnahmen wären also gegen die übertriebene nächtliche Beleuchtung durch Straßenlaternen, Anstrahlungen von Gebäuden und Geländeteilen (Berge, Gipfelkreuze) zu treffen. Von den Leuchtreklamen gar nicht zu sprechen. Sie sind nach Ladenschluss nur noch als Lichtverschmutzung zu beurteilen und entsprechend zu behandeln (abschalten). Überhaupt ist alles zu hell. Milliarden Insekten müssen sterben, Vögel werden irregeleitet,

Igel verstehen die Welt nicht mehr. Und der Mensch liegt schlaflos, weiß nicht, warum, und nimmt die falschen Medikamente. Es wird Zeit, dass hier entsprechend durchleuchtet wird. Was zur Entstehung neuer Arbeitsplätze führen könnte. Stellenangebote für Heimleuchter und Lichtbegleiter. Mit Natrium-Niederdruck-Laternen ausgestattete Lichtbegleiter führen auf Wunsch als Heimleuchter durch die nächtlich dunklen Städte und Siedlungen. Ihre Natrium-Niederdruck-Laternen ermöglichen einen sicheren Heimweg und stehen der Produktion des Melatonins in der Zirbeldrüse der Heimgeleuchteten nicht im Wege. Lichtbegleiter gesucht!

Brennholz zu verkaufen

Kommt ein Indianer zum Medizinmann und will wissen, wie der Winter wird. Der Medizinmann nimmt einen Stein, wirft ihn in die Luft, schaut, wie er fällt, und sagt, der Winter wird kalt, sammel Holz. Am nächsten Tag kommen zwei Indianer zum Medizinmann und wollen wissen, wie der Winter wird. Der Medizinmann nimmt zwei Steine, wirft sie in die Luft, schaut, wie sie fallen, und sagt, der Winter wird kalt, sammelt Holz. Am nächsten Tag kommen drei Indianer zum Medizinmann und wollen wissen, wie der Winter wird. Der Medizinmann wirft drei Steine in die Luft, schaut, wie sie fallen, und sagt, der Winter wird kalt, sammelt Holz.

So geht das Tag auf Tag. Immer mehr Indianer kommen zum Medizinmann und wollen wissen, wie sie sich auf den Winter vorbereiten sollen. Immer sagt der Medizinmann, nachdem er die Steine geworfen hat, seinen Spruch, sammelt Holz, der Winter wird kalt. Eines Tages fragt er sich, was rede ich da, woher soll ich wissen, wie der Winter wird, er ruft die Wettervorhersage an, können Sie mir sagen, wie der Winter wird? Kalt, sagt die Wetteransagerin, sehr kalt, die Indianer sammeln wie verrückt Holz.

Ulysses

Der Friseur in Haueneberstein, der sich Panis spärlicher Haare annahm, verlangte Jahr und Tag 7 Euro für das wenige Schnippschnapp. Neuerdings will er 12 Euro, Begründung dubios, wie von einem Politiker, Weltlage, Mindestlohn, Flüchtlinge. Pani fährt durch die Dörfer auf der Suche nach einem 7-Euro-Friseur. In Sinzheim auch nichts zu machen, aber da sieht er beim Aus-Sinzheim-Fahren, Richtung Schiftung, Leiberstung, ein Pappschild: Zu verschenken. Bücher. Das hat er nicht gewusst, dass es in Sinzheim Leute gibt, die Bücher haben. Und er kann's nicht fassen, Benn, Arno Schmidt, Groddeck, ihm wird ganz schummrig, dann liegt da unter einem Stapel Döblin, alles Erstausgaben, 1946 ff., was Blaues, zart Blaues, ein lichtblauer Pappumschlag, nicht gerade sauber, irgendwie seltsam. James Joyce, *Ulysses,* SHAKESPEARE AND COMPANY, 12 RUE DE L'ODÉON, Paris 1922. Zum Mitnehmen. In Sinzheim. Am Straßenrand! Pani kippt um, schlägt mit dem Kopf auf den Asphalt, wird, gehirnerschüttert und ohne Erinnerungsvermögen, ins Krankenhaus geschafft. Erlangt das Bewusstsein, als eine Schwester an seinem Arm zerrt und sagt, nun lassen Sie doch mal endlich die blöde Plastiktüte los! Die hat er nämlich noch im Griff, Joyce' *Ulysses* und die andern ... Als ihm seine Sinzheimer Bücherfunde wieder einfallen, ereilt ihn ein Schlaganfall ... Heute besuchen wir ihn im Pflegeheim. Er sitzt da im Aufenthaltsraum im Rollstuhl, die Bücher aus Sinzheim im Schoß, keine Sau interessiert sich dafür.

Das Ende der Welt

Wer wollte nicht einmal ans Ende der Welt. Kinder besonders. Was gibt's da zu sehen? Was kommt danach? Robert Walser erzählt von einem kleinen Mädchen, das ans Ende der Welt gehen will. Sechzehn Jahre ist es unterwegs, Tag und Nacht. Nirgends das Ende der Welt in Sicht. Da trifft es im Feld einen Bauern und fragt, können Sie mir sagen, wo das Ende der Welt ist? Gar nicht weit von hier, sagt der Bauer, rechts um die Ecke und dann noch zehn Minuten geradeaus. Und tatsächlich. Da ist es, Zum End der Welt, ein Wirtshaus, in Magglingen, auf 1000 Metern, oberhalb von Biel. Ein Wirtshaus wie nur eines. Das Mädchen hat dort eine Suppe gegessen. Das wollten wir auch. Aber als wir Zum End der Welt kamen, war es zu. Wegen Todesfall geschlossen. Der Wirt sei gestorben, erzählte man uns, kein Nachfolger, Zukunft von diesem End der Welt ungewiss. Aber es gäbe da noch ein Ende der Welt im hinteren oder sozusagen am Ende des Horbistals ob Engelberg, die Suppe sei zu empfehlen (Mo geschlossen).

Mata Haris letzte Worte

Wie interessant sind doch verbrecherische Frauen. Wie viel interessanter noch, wenn das Verbrecherische aus ihrer Verruchtheit mit betörender Konsequenz sich entwickelt zu haben scheint. Mata Hari zum Beispiel. Sie wurde am 15. Oktober 1917 erschossen. Ihre letzten Worte waren: »Ich danke Ihnen, mein Herr.« Das sagte sie zu dem Leiter des Erschießungskommandos, weil er gut aussah und Manieren hatte, dafür hatte sie eine Schwäche. Dann befahl der gutaussehende Offizier »Feuer«, und die angebliche Agentin »H21«, die *femme fatale* des deutschen Heeres, sank in den Graben des Forts von Vincennes. Der Leiter des Erschießungskommandos wurde ohnmächtig und musste weggetragen werden. Die Leiche Mata Haris wurde der Wissenschaft zur Verfügung gestellt.

Sie war eine erstaunliche Tänzerin, ohne eigentlich groß tanzen zu können. Was sie betrieb, war eine Art Performance zwischen Weihespiel und Striptease. Ein Augenzeuge: »Ihre aufreizenden Stellungen, ihr fieberndes Beben und ihre epileptischen Verrenkungen versetzten sie in eine mystische

Verzückung. In den beringten, glänzenden, prächtig gestrafften Beinen zuckten die Muskeln, als ob sie aus der Haut springen wollten.« Aber niemals entblößte sie ihren Oberkörper, niemand bekam jemals ihren Busen zu sehen.

Wir lüften das Geheimnis. »Was die Raserei meines Gatten in unseren Liebesnächten dem Wahnsinn nahe brachte«, erzählt Mata Hari, »war der Gedanke, meine kleinen, straffen Brüste, korinthischen Schalen gleich, könnten von anderen Händen gestreichelt, von anderen Lippen geküsst werden. Lieber reiße ich sie dir aus, murmelte er, indem er seine Finger in meine Brust krampfte.« (Bevor Sie weiterlesen, sollten Sie bedenken, dass Mata Hari Friesin war, sie kam aus Leeuwarden, im Norden Hollands, ihr Name war Margaretha Geertruida MacLeod, geborene Zelle, sie war einmal ein braves Friesenmädchen … Mata Hari war ihr Künstlername, auf Malaysisch bedeutet er: Auge des Tages. Doch weiter:) »Plötzlich, von einer wilden Regung hingerissen, biss er mir die linke Brustwarze ab und verschlang sie. Deshalb habe ich hinfort meinen Körper niemals jemand ganz nackt gezeigt …« Tja, jetzt wissen Sie es!

Als man ihr den Prozess machte, gab Mata Hari zu Protokoll: »Ich liebe Offiziere, ich habe sie immer geliebt. Ich möchte lieber die Mätresse eines

armen Offiziers als die eines reichen Bankiers sein.«
Einer dieser Offiziere hieß Kalle und war deutscher
Militärattaché im neutralen Spanien. Es scheint,
dass er sie ans Messer geliefert hat. Sie wurde ihm
zu teuer, und als Agentin brachte sie keine wert-
vollen Informationen, und mit den Offizieren des
französischen Geheimdienstes schäkerte sie auch.
Obwohl Kalle wusste, dass die Alliierten seinen
Code längst geknackt hatten, berichtete er telegra-
phisch über Mata Hari an den deutschen Konsul in
Amsterdam. Kalle nannte dabei den Vornamen des
Dienstmädchens von »H21«, ihre Bankverbindung
und ihre Adresse in den Niederlanden. Offensichtlich wollte Attaché Kalle, dass die Franzosen die
Dreckarbeit machten. Das taten sie dann auch. Der
Prozess gegen Mata Hari wurde inszeniert, um vom
unnötigen Tod vieler tausend alliierter Soldaten ab-
zulenken, die in den Materialschlachten des Jahres
1917 verheizt wurden. Die Militärs brauchten einen
Sündenbock. Wer wäre dafür besser geeignet gewesen als eine berühmte, verruchte Frau?

Ein Fall fürs Kino, von Babelsberg über Paris bis
Hollywood.

Greta Garbo spielte Mata Hari, Magda Sonja und
Jeanne Moreau. Es war immer schön und sehr ver-
rucht und sehr zum Heulen.

Und nun hat man ihren Kopf geklaut. Mata

Hari hat in Paris zum zweiten Mal ihren Kopf verloren. Das Haupt der hingerichteten Spionin ist aus dem Museum für Anatomie, in dem hundert konservierte Köpfe von Hingerichteten aufbewahrt werden, verschwunden. Bisher konnte der makabre Diebstahl nicht aufgeklärt werden.

Jetzt, erfahren wir, soll Mata Hari in ihrem Geburtsort Leeuwarden ein Museum eingerichtet werden. Museologisch schwierig, denn alles, was Mata Hari besaß, ist verschwunden.

Aber ein »kopfloses« Museum trauen wir den Leeuwardenern nicht zu.

DEUTSCHLAND SOLLTE WELTMEISTER SEIN

Flaggenvorfall 1

An Führers Geburtstag war es in allen Dienst-stellen der Deutschen Reichsbahn Pflicht und in allen Behörden und sympathisierenden Haushalten selbstverständlich, dass die Hakenkreuzfahne ge-hisst wurde. Mein Vater war Eisenbahnbeamter, wir wohnten zur Miete im Haus eines Maurers, eines gut katholischen Mannes, der an seinem selbst-gemauerten Haus auch einen Fahnenstangenhalter angebracht hatte, nicht für die Hakenkreuzflagge, sondern für Fahnen, die zu katholischen Festtagen rausgehängt wurden. Mein Vater will nun zu Füh-rers Geburtstag die Hakenkreuzfahne in den ka-tholischen Fahnenstangenhalter stecken, als Herr Wacker – Ehre seinem Andenken –, der Hausbesit-zer, ihm das untersagt. Solange das mein Haus ist, sagt Herr Wacker zu meinem Vater, wird für Hitler hier keine Fahne rausgehängt. Mein Vater war klug genug, dem zu folgen und die Sache für sich zu be-halten. Ein deutscher Held – Josef Wacker, Hiltrup in Westfalen, Albersloher Weg 350.

Flaggenvorfall 2

Ein Flaggenvorfall wurde jüngst ausgelöst durch EU-Kommissar Oettinger, als er vorschlug, die Flaggen von EU-Schuldenstaaten in Brüssel auf Halbmast zu setzen, und die Vertreter der betroffenen Länder ihm entgegneten, er solle mal lieber seine Unterhose auf Halbmast setzen. Auf ähnliche Weise segelten die Piraten, ich meine jetzt die zur See. Sie fuhren mit lustigen Fähnchen wie Hemden und Hosen zur See, und wenn sie ein beuteträchtiges Handelsschiff sahen, hissten sie ihre Piratenfahne und wetzten die Enterhaken.

Genauso machte es Graf Luckner im Ersten Weltkrieg, fuhr dahin mit seiner Handelsflagge auf einem harmlosen Segelschiff. Rief der Matrose im Ausguck seines Schiffes »Feind in Sicht!«, ließ Luckner die deutsche Kriegsflagge setzen, die Schonbezüge von den Kanonen ziehen, und rumz, wurde der sogenannte Feind versenkt. Luckner war bis zum Lebensende mächtig stolz auf solche Schuftereien und wurde im Land als Seeteufel verehrt.

Mein Gott, ich hab das ja alles noch erlebt, den

Schiffeversenkstolz, das Telefonbuchzerreißen, das Heldengeschreibsel. Hatte einen Büchertisch zu betreuen, Universität Münster, Fürstenbergsaal, der Chef hatte fünf Partien *Seeteufel* bestellt, ich stand da, der Seeteufel kam, Schiffermütze auf'm Kopp, Bindfaden, Kompass, Schnupftabak, Münzen aus Madagaskar, Pariser, alles, was ein Seemann seines Kalibers braucht, in der Hosentasche. Und kramte Stück für Stück genüsslich raus und zeigte es her, des Applauses seines münstrischen Publikums sicher. Dann zerriss er ein Telefonbuch. Toll. Dann humpelte er über die Bühne, um den Schritt des Tramps, der er auch mal war, auf den unregelmäßig gelegten Schwellen des Schienenstrangs in Amerika zu demonstrieren. Toll. Und ich am Bücherstand. Luckner signiert. Alle *Seeteufel* verkauft, ich die Taschen voller Geld. Luckner besoffen vom Erfolg. Begleite ihn zum Hotel. Vorher Altes Gasthaus Lewe. Kennt er von vorm Krieg. Welchem? Futtert Stielmus, trinkt Bier und Korn, zahlt die Buchhandlung. Ich trink eine Sinalco. Zahle ich. Dann denk ich, wie blöd bin ich denn, bestell Stielmus, trink vier, insgesamt fünf, dann noch drei Bier, dann nur noch Korn, zahlt die Buchhandlung. So wurde ich erfolgreicher Geschäftsmann. Noch heute zieht mancher Gauner vor mir den Hut, besonders die unter den Vortragskünstlern, Seemännern und Berufstrinkern. Als ich damals weit nach Mitternacht nach Hause kam und meine Mutter meine Fahne roch, knallte sie mir eine. Daran hat sie gut getan, aber es half ja nichts.

Kafka unter Prallern

8. Juli 1912 Mein Haus heißt ›Ruth‹. Praktisch einge-
richtet. 4 Luken, 4 Fenster, 1 Tür. Ziemlich still. Nur
in der Ferne spielen sie Fußball, die Vögel singen
stark, einige Nackte liegen still vor meiner Tür. Alles
bis auf mich ohne Schwimmhosen …

Am selben Tag bekommt er noch *hübsche, fette*
Füßchen zu sehn. Die Füßchen beschäftigen ihn
auch am nächsten Tag: *Den Chinesinnen wurden*
die Füße verkrüppelt, damit sie einen großen Hin-
tern bekommen.

Am 9. Juli erfährt er: *Nach einer bestimmten*
Übung wachsen die Geschlechtsteile. Und verkrüp-
pelte Zehen könne man mit der Zeit gerade machen,
wenn man *an einer solchen Zehe aber zieht und tief*
atmet … Nach dem gemeinsamen Waschen, Mül-
lern, Turnen notiert er: *Ich heiße der Mann mit den*
Schwimmhosen.

Am 11. Juli *bekomme ich leichte oberflächliche*
Übelkeiten, wenn ich … diese gänzlich Nackten
langsam zwischen den Bäumen sich vorbeibewegen
sehe.

Am 15. Juli muss er einen nackten Alten ertragen,

er liegt unweit seiner Hütte im Gras, *mir den Hin-*
tern zugekehrt, und prallt einige Male laut in der
Richtung gegen meine Hütte hin. Dann redet er im
Park mit einem *Angezogenen: Er prallt so viel und*
laut, dass ich kein Wort von dem, was er redet, ver-
stehen kann.

Deutschland sollte Weltmeister sein

Ich sah aus dem Fenster und fand nichts verändert. Ich hörte das Müllauto und Kinder, die sich zur Schule balgten. Das alles wäre für ein Weltmeisterland zu banal. Die Wasserspülung rauschte, die Kaffeemühle plärrte, mein Kopf war vom abendlichen Umtrunk noch umnebelt, ich meinte, dies ist kein Weltmeisterland. War's aber dann doch. Ich ging Wein und Brot kaufen.

Der Ball prallte auf Götzes Brust, sagte die Kassiererin, aber nicht irgendwie – er fiel genau so weit, dass Götze ihn mit dem linken Fuß volley in einen sahnigen Schuss ins lange Eck weiterverarbeiten konnte, eine Feinkost-Lieferung nach 112 Minuten brotloser Kunst.

Deutschland war Weltmeister, absolut. Ich akzeptierte das.

Benn

Hat mein Leben beeinflusst. Als ich in seinem Gedicht *Annonce* ein Loblied auf eine Villa in Baden-Baden las, zog ich sofort hin und kaufte mir eine. Was nur ein Gedicht vermag.

Aus Baden-Badens Buchstaben schüttelte sich der Zuzügler: Benn bade da.

Dann diese alberne Biertrinkerei. Keiner hat so viel Getue gemacht um deutsches Bier wie Benn.

Wenn er nach Feierabend vor seiner Frau sich in die Stammkneipe trollte, schrieb er ihr einen Zettel, er sei vorausgegangen »wegen Durst«. Mit der Zeit übernahm sein Körper die Form eines Pilsglases.

Allabendlich waren es so drei bis vier Glas. Bei mir zeigte Talent sich erst ab dem fünften. Aus Bennverehrung wurde ich in früher Jugend regelmäßiger Biertrinker. Heute trinke ich Wein. Selten, aus Durstgründen, mal ein Glas Bier. Benn lese ich noch gelegentlich. Tolle Zeit damals, in der alles so frisch war.

Der Wohnungsbesitzer

Er betrat seine Wohnung. Da standen die Heuchler, unbeweglich und absichtsvoll still. Scheinheiliges Pack, schimpfte er und gab dem nächststehenden Stuhl einen Tritt. Der Stuhl warf sich zu Boden. Ich kenn euch, schrie er, mir macht ihr nichts vor, Heuchler!

Der Tisch und das Regal verharrten eingeschüchtert auf ihren Plätzen. Sie kannten den Wohnungsbesitzer. Bis auf die Anfälle, die ihn regelmäßig nach längerer Abwesenheit beim Betreten der Wohnung überfielen, war er ein umgänglicher Nutzer, schonte die Möbel und verlangte von ihnen nur die vorbestimmte Haltung. Diesmal benahm er sich besonders schlimm. Um ihn zur Vernunft zu bringen, stürzte sich das Hackbrett, das er gegen die Wand schleudern wollte, dergestalt auf den Griff des über den Rand der Küchenablage hinausragenden Gemüsemessers, dass es sich, überschlagend und dabei noch an Fahrt gewinnend, mit der Spitze in den Rücken des sich inzwischen abgewandten Wohnungsbesitzers bohrte und dort stecken bleibend zitterte, was einen kuriosen Eindruck hinterließ, vor allem, weil der Wohnungsbesitzer gerade den Kühlschrank öffnete und nach etwas Essbarem Ausschau hielt.

Kielmannsegg

Kam in den zwanziger Jahren zur Reichswehr und wurde noch an der Lanze ausgebildet, erst vom Bock, dann Pferd. Und als er in Pension ging, war er Befehlshaber über vierzig Atomraketen.

Da lässt sich doch 'n büsken mehr drüber sagen.

Abdankung Edwards VIII. –
Kontinentale Fassung

Millionen Männer binden sich jeden Morgen guten Mutes eine Krawatte. Aus dem länglichen Tuch wird eine Schlinge gebildet, das schmale um das breite Ende gewirbelt, das dünne Ende von innen durch die Schlinge geführt und unter das vorher Gewirbelte gefriemelt, feste angezogen, fertig ist der Windsorknoten. Er ist stabil, wirkt solide und ein bisschen langweilig, passend zu dem Leben, in das sich die Krawattenmänner jeden Morgen stürzen müssen. Erfunden hat den Knoten der Herzog von Windsor, als er viel Zeit hatte. Vorher war er König von England und Kaiser von Indien und Herrscher über ein Dutzend anderer Dominien des britischen Weltreichs. Am 10. Dezember 1936 hat er das Handtuch geworfen, aus Liebe zu einer Frau, Wallis Simpson, Amerikanerin, geschieden, alles andere als eine Schönheit, auch bald schon vierzig Jahre alt. Ein König verzichtet auf seinen Thron, aus Liebesgründen, was für ein Stoff! Fortan lebte der ehemalige König als Herzog von Windsor, heiratete Miss Simpson, als sie dann endlich zum zweiten Mal geschieden war, und lebte mit ihr, die jetzt die Herzogin von Windsor war, in Luxus und Langeweile auf Jachten, Jagden und Golfplätzen, meist auf den Bahamas, immer gut gekleidet – tadellose Krawatte –, umringt von Fotografen und Klatschreportern.

Edward VIII. wollte Wallis Simpson an seiner Seite, als Königin. Dagegen war aber Queen Mary, geborene Fürstin von Teck, die Mutter Edwards, und der Erzbischof der anglikanischen Kirche natürlich, aber auch der englische Premier, Stanley Baldwin. Baldwin kochte Edward weich. Selbst wenn Edward eine morganatische Ehe führen wolle, bedürfe es der Zustimmung des Parlaments und der Dominien. Baldwin kam in jenen kritischen Tagen andauernd in einem lächerlich kleinen Auto vor Edwards Palast gebrummt, die Scheiben außen von Nebel und innen von Tabakrauch beschlagen. Allein diesem Auto widmet Edward in seinen Memoiren viele hasserfüllte Seiten. Ihn ergreift Ekel, wenn das kleine Auto mit seinem beleibten Insassen anbrummt wie ein Insekt, das Unheil im Kriechgang. Natürlich wollen die Dominien und will Indien nicht einen Kaiser, der eine zweimal geschiedene Amerikanerin zur Frau hat. Und das englische Parlament will es schon gar nicht. Schließlich hatte Edward bei der Thronbesteigung gelobt, die Gesetze der protestantischen Erbfolge hochzuhalten. So bleibt ihm nichts anderes übrig, als zurückzutreten. Zwar sympathisieren viele mit Edward und singen vor dem Schloss: »For He's a Jolly Good Fellow« und »God Save the King«. Zu spät. Edwards jüngerer Bruder wird sein Nachfolger, er ernennt Edward zum Herzog von Windsor.

Das Herzogpaar von Windsor liefert der bunten Presse den Stoff für *die* Lovestory des 20. Jahrhunderts.

Heute – nach Veröffentlichung der Liebesbriefe – erklärt man sich die Obsession Edwards für Wallis aus seinen infantilen Neigungen, seiner latenten Homosexualität und seinem Mutterideal. Wallis war für ihn Kindermädchen, Krankenschwester und Zuchtmeisterin in einer – zudem knabenhaften – Person, der er seine exzentrischsten wie beschämendsten sexuellen Wünsche anvertrauen konnte. Schon immer hatte der Prinz Liebesgeschichten mit älteren und verheirateten Frauen, vierzig Jahre war er auf der Suche nach der idealen Mutterfigur, der Übermutter. Er fand sie schließlich in Wallis. Wallis tolerierte lebenslang seine Bisexualität, teilte seine Interessen und pflegte ihn schließlich bis zu seinem Krebstod 1972.

Millionen kleinen Königen wird es ähnlich gehen, wenn sie morgens ihre Krawatte binden, wenn die unerfüllten Wünsche nicht mit dem korrekten Windsorknoten harmonieren, wenn der Knoten würgt und sie die Lust überkommt, alles hinzuschmeißen und ihr Leben zu ändern. Aber wo ist die Wallis, die ihnen hilft, die Knoten zu lösen.

Edwards VIII. Abdankung – Britische Fassung

Auf dem Kontinent wird manchmal die Meinung geäußert, der englische König Edward VIII. hätte aus Liebe zu der zweimal geschiedenen Amerikanerin Wallis Simpson auf den Thron verzichtet. Nun, wir kommentieren keine Liebesgeschichten und befassen uns nicht mit Gerüchten, unterhalten aber gute Kontakte zur Münze und zu Druckereien.

Wenn ein neuer Monarch auf den Thron steigt, ist es in England üblich, dass die Königliche Münze und das Postministerium Künstler zur Einsendung von Entwürfen für die neuen Geldstücke und Briefmarken auffordern. So ging es auch zu, als Edward VIII. König von England, Kaiser von Indien und Herrscher über ein Dutzend Dominien wurde. Für Briefmarken und Geldstücke von großer Bedeutung. Edward wurde von Sir Robert Johnson, dem Direktor der Münze, gefragt, ob er bereit sei, einigen Künstlern, deren Entwürfe günstig beurteilt worden waren, Modell zu sitzen, sagen wir mal im Palast. »Können kommen«, sagte Edward VIII. Die Künstler kamen, und Edward saß Modell. Jetzt die Entwürfe. Edward kam aus dem Staunen nicht heraus. Warum, zum Teufel, zeigten sie alle die rechte Seite seines Gesichts, wo ihn doch langjährige Erfahrung im öffentlichen Auftreten gelehrt hatte, dass es für einen günstigen Eindruck beim Publikum wichtig ist, sich möglichst in einem guten Licht zu zeigen. »*Damned*«, murmelte Edward, der Tausende von Pressefotos in seinem Leben hatte betrachten müssen und dabei zum Schluss gekommen war, dass sein linkes Profil besser war als das rechte. »Warum nur, Herren«, fragte er die Künstler, »haben Sie sich für meine rechte Gesichtshälfte entschieden?« – »Majestät«, sagten sie, »die Königliche Münze und das Postministerium haben uns entsprechend instruiert.« Edward ließ Getränke kommen, und nach einigen Whiskys und längeren Erörterungen waren die Künstler bereit anzuerkennen, dass die linke Gesichtshälfte Edwards VIII. ästhetisch unbedingt besser wirken würde. An diesem Punkt mischte sich der Direktor der Münze, Sir Robert Johnson, der bisher geschwiegen hatte, in die Diskussion. Unter Räuspern erklärte Sir Johnson, dass die Richtung, nach der der Kopf des Königs auf Münzen und Briefmarken blickt, mitnichten etwas mit ästhetischen Gesichtspunkten zu tun habe. Es sei ein Prinzip, das Profil des Herrschers beim Beginn jeder neuen Regentschaft zu wenden. »Ihr

Großvater, König Edward VII., blickte nach rechts, Sir«, sagte der Münzdirektor, »und Seine verewigte Majestät, Ihr Vater, blickte nach links.«

»Aha«, warf Edward VIII. mit eisiger Stimme ein, »dann bin ich also König, um nach rechts zu blicken.«

Sir Robert bekümmerte es sichtlich, vom König verspottet zu werden. Schließlich handelte er in der Tradition Isaac Newtons, des großen Mathematikers und Alchemisten, der 1696 Chef der britischen Münze geworden war. Auf diesem Posten ging es darum, fälschungssichere Münzen herzustellen, indem man jede Gelegenheit zur Änderung des Motivs wahrnahm und möglichst stoßfeste Legierungen entwickelte. »Mit Verlaub«, murmelte Sir Robert, »der Profilwechsel dient der Sicherheit und damit Stabilität der Währung. Schon Newton ...«

In der Hoffnung, dem Gespräch eine leichtere Wendung zu geben, scherzte Edward VIII.: »Und ich dachte, die englischen Herrscher seien dazu verdammt, von der Seitenlinie aus einem ewigen Tennisspiel zuzusehen.«

Der Münzdirektor verzog keine Miene und zog sich mit den Künstlern zurück.

Einige Tage später waren neue Porträts gefertigt und von Sir Johnson und dem Postminister dem König vorgelegt. Edward musste erkennen, dass er immer noch in dieselbe Richtung wie zuvor blickte, aber man hatte einen genialen Trick angewendet, um seine Wünsche zu befriedigen, indem man auf die rechte Seite seines Gesichts die Eigentümlichkeiten der linken übertragen hatte. Die Schönheit seiner linken Gesichtshälfte war in die rechte auf die raffinierteste Weise hineingemalt worden. Das war gut gemacht, musste Edward zugeben, aber, »potztausend!«, war er denn nicht König von Großbritannien und Kaiser von Indien? Und er schlug mit seiner königlichen Hand auf den Tisch, so dass der Postminister erzitterte, Sir Johnson, der Direktor der Münze, aber nicht.

So kam es, dass es bald Briefmarken gab in Großbritannien und den überseeischen Besitztümern mit einem zwar nach links blickenden Edward VIII., dem aber in die eigentlich ästhetisch befriedigendere linke Gesichtshälfte die wenig schmeichelhafte rechte hineinprojiziert worden war, ein bedauernswerter Fehler, der bei dem Durcheinander in der Druckerei entstanden war. Nicht rückgängig zu machen, die Auflage betrug einige Millionen und war längst nach Indien und den anderen Dominien ausgeliefert. Umso hoffnungsvoller erwartete Edward VIII. das Erscheinen der neuen Münzen. Kamen aber nicht. Trotz häufiger Nachfragen kamen keine. Es wurden nie Münzen mit dem Porträt Edwards VIII. geprägt. Sir Robert Johnson fand immer neue Ausreden, die Edward VIII. schließlich dazu bewogen, auf immer und ewig abzudanken. Das geschah am 10. Dezember 1936. Edward verließ England und trug fortan den Titel Herzog von Windsor, den er durch die Erfindung des gleichnamigen Krawattenknotens unsterblich machte.

Als Geldstück wäre ihm das niemals gelungen.

BUTTERMILCH

Lichtenthaler Allee

Mit dem Ruf: »Sie Schuft kümmern sich einen Dreck um die deutsche Einheit«, stürzt ein junger Mann auf einen älteren in der Allee spazierenden zu und versetzt ihm einen Schlag ins Gesicht. »Da täuschen Sie sich keineswegs«, sagt der Geschlagene und hält sich in Erwartung des Blutes ein Taschentuch an die getroffene Stelle.

Wie die Pferde laufen

Pferde laufen geradeaus. Es gehört Geschick dazu, sie um eine Kurve zu steuern. Sie sind nicht einmal wenig klug zu nennen. Das dauernde Kopfnicken, das sie sich schon in Jugendjahren angewöhnt haben, gibt zu denken. Aber so doof sind sie nun wieder auch nicht, dass sie freiwillig in eine Startbox gingen. Man muss sie schieben. Die Schieber haben ihre Wetten längst gesetzt, nicht am Totalisator, untereinander und bei Reinhart, dem wilden Buchmacher. Sobald das letzte Pferd in die Startbox geschoben ist, schellt die Glocke. Ein Pferd wird das schnellste sein. Wir wollen aber nicht wissen, welches. Wir sitzen im Bierzelt am Kapellenberg und schieben die nächsten Wetten über den Tisch und setzen auf Pferde, die uns enttäuschen werden. Dazu trinken wir Sätzler, so heißt der Riesling hier, wächst schräg gegenüber am Hang, Sinzheimer Sätzler.

Führerstandsaufnahme

Fuhr in der Nacht mit der Bahn von Interlaken Richtung Luzern. Führerstandsaufnahme. Zuverlässiges Summen der Lok, interessante Verlangsamung bei Anstieg, bedingt durch das Einrasten des Triebzahnrads. Alles schön grün, wenn Häuser kamen, waren sie hübsch anzuschaun. Einmal spazierte ein Wanderer durchs Bild. Als der Zug in Hasliberg hielt, stieg ich aus und ging wieder ins Bett.

Ich finde einen Zweihundert-Euro-Schein

Gehe damit zum nahe gelegenen Kiosk, lege den Schein vor die Zeitungsverkäuferin und sage: »Gerade gefunden, falls sich jemand meldet.« Sie sagt: »Danke.« Das lässt mich stutzig werden. Ja wo ist denn das Fernsehen? Bin ich denn nicht ehrlicher Finder, Mann des Tages?

Schlankheitskur

Ein Tennislehrer bekommt von einem Russen, der im Brenners wohnt, den Auftrag, seine übergewichtige Tochter zu trainieren, Stunde fünfzig Euro. Mehr als auf die Verbesserung ihrer Balltechnik hofft der Vater auf Gewichtsabnahme. Das Mädchen entzieht sich der Stunde, indem sie dem Tennislehrer hundert Euro in die Hand drückt und ins McDonald's entschwindet.

Titisee

Wir kamen mit dem Zug, Titisee, das muss man gesehen haben. Wir blieben zwei Stunden, nahmen an einem Gewitter teil, tranken im Kurhaus einige Biere und verbrachten den Rest der Zeit in einem Andenkenladen vor einer Wand mit Kuckucksuhren staunend.

Schließlich sprach uns die unverkennbar in den neuen Bundesländern aufgewachsene Verkäuferin an: Sie interessieren sich für Kuckucksuhren? Da konnten wir schlecht nein sagen. Fortan war kein geruhsames Beschauen mehr möglich. Hatten wir vorher ausgiebig das unruhige Ticken und groteske Auf-und-Ab-Sausen oder Hin-und-Her-Schwanken der als Sekundenanzeiger dienenden, auf Schaukeln sitzenden und sich dort in Todesangst an den Schaukelstricken festhaltenden Trachtenpüppchen genossen, wurden jetzt von der Fachverkäuferin durch kleine Eingriffe am oder hinter dem Ziffernblatt die Mechanismen in Gang gesetzt, die zum Herausschnellen des Kuckucks führen. Wohl an die fünfzig kleine, mittlere, größere Uhren schrien unentwegt kuckuck. Einige hatten zudem ein Echo, das heißt, eine Blasebalgausleerung mehr, leiser und in tieferer Tonlage. Ein Welten- wie Höllen-ereignis. Großartig. Die Kuckucke waren ganz aus dem Häuschen. Und dazu das unablässige Auf und Ab der Figürchen auf den Schaukeln oder ihr Hin und Her, das Ticken!

Kunst im Hotel

Der Künstler ist jeden Abend in der Hotelbar an-
zutreffen.

Künstlerfest

Die Coester habe ihn angemacht, sagt Professor Alexander, ziemlich grob, direkt, kunstbezogen oder sexuell, er könne sich nicht genau erinnern. Doch habe er ihr sein Glas Wein, Rotwein, ins Gesicht gekippt. Schweigend. Sie habe es auch schweigend hingenommen. Einige Stunden später sei sie gekommen und habe ein Glas Gurken über seinem Kopf ausgegossen. Er habe nichts gesagt. Sie auch nicht. Er sei in sein Ankleidezimmer gegangen, habe ein sauberes Hemd und eine neue Hose angezogen und sei wieder zum Fest gegangen, weiterfeiern.

Schöner Mann

Ach, war das mal ein schöner Mann, der Hans, und schlurft heut rum, den lichten Kopp zur Brust gesenkt, vorn ein Wämpchen in der Hose, na ja, das geht ja grade noch. Gestottert hat er schon immer, aber schön war er, der Hans. Und nun, ein Trauerkloß. Warum denn nur. Die Prostata, der Niedergang des Kommunismus, der Suff, oder ist's die Frau, mein Gott, die Frau hab ich schon lange nicht sehn, lebt die noch?

Hau

November in Baden-Baden. Es dunkelt, die Gas-
laternen entflammen zögernd, als fürchteten sie,
von dem aufziehenden Nebel erstickt zu werden.
Zwei Frauen, Mutter und Tochter, eilen durch die
Kaiser-Wilhelm-Straße der Stadt zu, da plötzlich –
ein Schuss, die ältere Dame fällt … Ein Mann im
dunklen Mantel, mit Hut, mit Bart – so erinnern
sich Zeugen – schreitet beherrscht oder hastet entschieden – immer diese widersprüchlichen Aussagen – die Staffeln hinunter zur Lichtenthaler
Allee. Der Mörder? »Kann nicht der Mörder sein«,
sagt später der Kutscher, der den Mann aufnimmt
und ihn im Galopp – zwei Mark Trinkgeld! – zum
Bahnhof kutschiert, »der Mann«, sagt der Kutscher,
»hatte keinen Bart.« Hat er ihn weggeschmissen?
Die Polizei lässt ihre Hunde suchen – im ganzen
Park kein Bart zu finden, kein Hut … nur die Tote
ist real.

Sie wird als Witwe des Medizinalrats Molitor
identifiziert. Für den Verdacht, das Attentat könnte
von ihrer Tochter Olga begangen worden sein, findet die Polizei keine Beweise. Die andere Tochter

der vermögenden Witwe Molitor ist mit einem Anwalt verheiratet, der zugleich der Geliebte der jüngeren Schwester Olga ist. Sein Name ist Carl Hau – ein Name, in dem man meint, schon das Fallbeil sausen zu hören.

Pistole, Perücke, falscher Bart, verfehlte Liebe, Gift. Der Tatort keine hundert Schritte von der Spielbank entfernt. Begleitumstände einer Liebe amerikanisch-orientalischer Art. Eine Baden-Badener Geschichte – fehlte nicht das russische Element, könnte man sagen, ortstypisch. Aus dem Jahr 1906.

Hau war Rechtsbeistand von John Davison Rockefeller, dem reichsten Mann der Welt. Im Auftrag von Rockefeller hat Hau im Vorderen Orient für die Standard Oil Company die Verträge mit den arabischen Scheichs ausgehandelt. Er selbst hätte dabei mühelos ein reicher Mann werden können, aber luxuriöser Lebensstil, Bakschisch als Geschäftsgrundlage und Frauen – ach, Frauen, sogar die Otero, »La Bella Otero« war dabei – rissen ihm das Geld aus den Händen. Es kam zum Streit mit Rockefeller, der Ölkönig setzte ihn vor die Tür.

Hau, ein gebürtiger Moselaner, amerikanischer Staatsbürger, Rechtsanwalt und Dozent des römischen Rechts an der George-Washington-Universität, ist erst sechsundzwanzig Jahre alt. Als neunzehnjähriger Student hatte er in Ajaccio auf Korsika Frau Molitor und ihre Töchter Lina und Olga kennengelernt. Erst schien er die gleichaltrige Olga zu lieben, dann brannte er mit der fünf Jahre älteren Lina durch. Weil die Eltern die Genehmigung zur Hochzeit verweigerten, wollten die Liebenden in Realp an der Furka, Schweiz, aus dem Leben scheiden. Lina erlitt eine schwere Schussverletzung, Hau kam mit dem Schrecken davon. Nach dem missglückten Versuch des Doppelselbstmords gaben die Eltern ihren Widerstand auf, und Hau und Lina heirateten. Sie übersiedelten nach Washington, wo Hau seine Karriere als Anwalt beschleunigte. Er habilitierte sich als Lehrer des römischen Rechts, wurde erst Berater des türkischen Generalkonsuls, dann von Rockefeller, dann arbeitete er auf eigene Rechnung. Geschäftsreisen nach Bagdad, Teheran, Konstantinopel. Geschäftssitz Konstantinopel. Es galt, eine Straßenbahn zu verkaufen, einige Schlachtschiffe und dergleichen. Das dauerte natürlich. Das Spesenkonto wuchs. Die Otero tanzte ja nicht jeden Abend, wollte an freien Abenden ausgeführt werden. Ölfelder wären für einen Pappenstiel zu haben gewesen, aber Rockefeller meinte, schon genug zu haben, und die andere Kundschaft konnte sich nicht vorstellen, was man mit dem vielen Öl anstellen sollte.

Mit seiner Frau Lina hatte Hau eine Tochter. Sie lebten eine Weile in Paris, Schwägerin Olga war dabei. Olga las abends bei Kerzenschein Hau ihre Gedichte vor. Das ertrug Lina nicht länger. Sie verlangte eine Klärung. Hau bekannte sich zu ihr, sagte vielleicht, ich liebe dich doch, und ich sehe in Olga nur deine Schwester. Olga wurde zurück nach Baden-Baden geschickt. Familie Hau ging nach London. Geschäfte.

Zu der Zeit, November 1906, wohnt Hau in einem Frankfurter Hotel. Am Morgen vor dem Attentat war er in Baden-Baden, um seine Schwägerin Olga vor seiner Rückkehr nach Amerika noch einmal zu sprechen, hat aber das Haus Molitor nicht betreten. Die Polizei ermittelt. Warum hat er sich beim Hotelfriseur einen falschen Bart anfertigen und eine Perücke anpassen lassen? Antwort: Ein Anwalt seines Formats müsse sich manchmal vor unliebsamen Konkurrenten unsichtbar machen! Starker Tobak für die badische Polizei. Hau wird des Mordes an seiner Schwiegermutter angeklagt. Es kommt zum Indizienprozess in Karlsruhe. Ein Großereignis! Hau bleibt bei allem, was in der Sit-

zung geschieht, bei allen Anklagen, üblen Nach-
reden – Frauen, eigenartige Sexualpraktiken – und
Verdächtigungen von kalter Ruhe, macht keine Angaben, gibt keine Erklärungen ab, reizt aber Staats-
anwalt und Richter bis aufs Blut, wenn er belastende
Tatsachen, zu deren Erhärtung man sich durch ein
Dutzend Zeugenaussagen hingequält hat, am Ende
mit ironischem Lächeln wie selbstverständlich zu-
gibt. Die Geschworenen, redliche, biedere Männer,
hassen diesen Hau. »Zu ihrem Obmann«, erinnert
sich Hau in *Das Todesurteil,* »wählten sie einen
Schlächtermeister aus Bruchsal. Wenn ich mir die
Physiognomie dieser meiner zwölf Richter ansah,
war mir übel zumute. Und noch übler wurde mir,
wenn ich beobachtete, wie sie zu Beginn der Pausen
mit tiefen Reverenzen an dem Herrn Oberstaatsanwalt vorbeidefilierten ...« Der Oberstaatsanwalt
hat dafür gesorgt, dass das Herz der Ermordeten
in einem Spiritusglas auf dem Gerichtstisch steht.
Die Geschworenen haben es immer im Auge. Das
regt zum Beispiel Karl Kraus gewaltig auf. Die
Presse berichtet ja jede Einzelheit. Jedes Wort, das
im Prozess gesprochen wird, ist nachzulesen, jedes
Protokoll, jede Verhörung, liegt alles im General-
landesarchiv Karlsruhe. Jeder, der einen gültigen
Personalausweis hat, kann da Einsicht nehmen.

Der Gutachter, der Hau auf seinen Geisteszustand zu untersuchen hat (hat er einen Hau?, fragt seitdem der Volksmund), ist Alfred Hoche, Psychiater und Eugeniker aus Freiburg, dessen Buch *Die Freigabe der Vernichtung lebensunwerten Lebens* den Nationalsozialisten als Rechtfertigung ihres Euthanasieprogramms dient. Als Hoche sich von Hau vor der Schlussberatung mit Handschlag verabschiedet, wird er dabei von einem Reporter beobachtet. Die Telegraphen ticken: »Der Sachverständige gibt dem Angeklagten die Hand, hält ihn also für unschuldig!« So ist auch die Stimmung in der Bevölkerung: Die meisten halten Hau für unschuldig, vor allem die Frauen. Der Mann sieht gut aus, ist bestens gekleidet (Gamaschen, Staubhandschuhe), hat Manieren, ein welterfahrener Kavalier, ein Liebhaber von Format, der eher ins Messer rennt, als seine Geliebte (Olga) zu belasten. Jeden Tag eine andere Blume im Knopfloch. Einige Geschworene wussten bis dahin gar nicht, dass es so viele Blumen gibt, berichten die Zeitungen. Unter den Korrespondenten die besten Federn für Mode, Mord und Gesellschaft. Ullstein hat seine stärkste Truppe aufgeboten, für die englische Presse berichtet ein Dutzend Journalisten, für die amerikanische zwei Dutzend, selbst im Baden-Badener *Badeblatt* sind täglich Prozessgeschichten zu lesen, und seinem Reporter ist in Karlsruhe zu übernachten sogar auf Spesen gestattet. Hau ist ein Star. Es kommt zu Tumulten vor dem Gericht. »Freiheit für Hau!«, rufen die Demonstrantinnen. Militär muss her. Wenn bei den Frauen in Baden die Leidenschaft ausbricht, muss man Bajonette aufpflanzen.

Lina Hau kann die Schmach, ihre Familien- und Eheangelegenheiten öffentlich verhandelt zu sehen, nicht verwinden. Bevor die Hauptverhandlung beginnt, besucht sie ihren Mann im Zuchthaus und lässt bei der letzten Umarmung ein Giftfläschchen in seine Tasche gleiten: »Don't let me wait.« Der aufsichtführende Hausinspektor sieht taktvoll zur Seite. Lina Hau fährt in die Schweiz und ertränkt sich im Pfäffiker See.

Hau nimmt das Gift nicht. Er wird zum Tode verurteilt. Seine Unschuldsbeteuerung hält er aufrecht, er ahne, raunt er, wer der Mörder sei. Aber er nennt keinen Namen. Die Berufungsinstanz bestätigt das Urteil, er wird, zu lebenslanger Haft begnadigt, in das Zuchthaus Bruchsal eingeliefert. Nach siebzehn Jahren lässt man ihn frei, aber mit den Auflagen, keinen Kontakt zur Familie Molitor zu suchen und sich über seinen Fall weder in Wort noch in Schrift zu äußern. Wenn er den Mund hält, bekommt er einen Pass mit neuem Namen. Er unterschreibt mit schlechtem Gewissen, schließlich hat er im Zuchthaus schon hundert Seiten seines Buches über den Fall Hau geschrieben. Nach einigen Wochen taucht er in Berlin auf und macht Ullstein ein Angebot. Er will die Wahrheit schreiben. Der Verlag besorgt ihm eine ruhige Unterkunft am Schermützelsee. Drei Jahrzehnte später wohnt an gleicher Stelle Bertolt Brecht. Brecht kühlt seine Füße in dem kleinen See und atmet Rauchwolken aus preisgünstigen Zigarren darüberhin, ach, wenn ihm doch nur ein toller Stoff in den Sinn käme ...

Hau schreibt von Recht und Unschuld, von falschen Zeugen und von einer Person, die ihn mit einem einzigen Wort hätte freisprechen können. Aber er nennt – wie im Prozess – keinen Namen. Dafür hämmert er seinen Lesern ein: Ich bin unschuldig! Nach siebzehn Jahren Bruchsaler Zuchthaus: Wer simuliert da noch, wer ist da noch Schauspieler? Bevor sein Buch erscheint, arbeitet er in Wuppertal bei der Zeitung, deren Chefredakteur Herzog sich für ihn eingesetzt hatte. Olga sei ja wohl die Mörderin, hatte er damals für die *Karlsruher Zeitung* geschrieben. Dafür hatte ihn Olga Molitor verklagt, und Herzog hatte ein knappes Jahr Gefängnis absitzen müssen. Jetzt lässt er Hau für seine Zeitung unter wechselnden Autorennamen Gerichtsrepor tagen schreiben. Die Wuppertaler Kollegen Haus wundern sich über die juristischen Kenntnisse des neuen Mitarbeiters.

Als Haus Bücher erscheinen, bekommt er die letzte beträchtliche Rate seines Honorars. Er reist nach Italien, in Rom kann er es sich leisten, unter englischem Namen im Hassler an der Spanischen Treppe zu wohnen.

Bald darauf findet ihn ein Schäfer in den Ruinen der Villa Adriana bei Rom. Er röchelt noch. Man bringt ihn nach Tivoli ins Krankenhaus, da stirbt er. Keine gesicherte Todesursache, wahrscheinlich Gift. Der Tote hat keine Papiere. Erst als man seine Fingerabdrücke nach Wien schickt, dann nach Berlin weiterreicht, ist seine Identität mit der neuen kriminologischen Technik ermittelbar. Weil er sich nicht an das Verbot, über seinen Fall zu schreiben, gehalten hatte, wurde er steckbrieflich gesucht.

Der Fall bleibt rätselhaft und ließ vielen keine Ruhe. Hunderte von juristischen Abhandlungen und Dutzende von Romanen beschäftigen sich mit dem Rätsel Hau. An Kuriositäten kein Mangel. Der Ehemann einer für Hau eintretenden Zeugin, ein Major, fühlte seine Gattin vom Oberstaatsanwalt beleidigt und forderte denselben zum Duell. Duelle waren aber schon verboten. Die Strafzeit in der

Festungshaft Ehrenbreitstein nutzte der auch nach seiner Entlassung als Major zum Tragen einer Uniform Berechtigte zu einer Rechtfertigungsschrift. Alfred Lichtenstein schreibt eine forensisch-medizinische Studie und lässt Sherlock Holmes im Fall Hau ermitteln, 1908; Jakob Wassermann schreibt den Roman *Der Fall Maurizius,* 1928, von Henry Miller bewundert und bei einer Neuauflage mit einem Nachwort versehen; selbst in der DDR fand man einen flammenden Verteidiger Haus, Rolf Avena, *Der Mordfall Molitor,* Halle 1956; und zuletzt schrieb Bernd Schröder einen Hau-Roman. Er konnte sich entscheiden, Hau schuldig zu finden. Natürlich nahmen sich auch Film und Fernsehen des Stoffes an.

In insgesamt achtzehnjähriger Haft, Gefängnis und Zuchthaus, vervollkommnete Hau seine Kenntnis orientalischer Sprachen, übersetzte Iherings *Geist des römischen Rechts* ins Englische – das Manuskript aus Bruchsal befindet sich im Deutschen Literaturarchiv Marbach (Nachlass Jakob Wassermann) – und brachte die Zuchthausbibliothek auf Vordermann. Es soll seinerzeit die am besten geführte Gefängnisbibliothek Deutschlands gewesen sein. Da stehen noch heute die in der Beschäftigungstherapie fest gebundenen Broschüren des Ullstein Verlags von Carl Hau: *Das Todesurteil. Die Geschichte meines Prozesses* und *Lebenslänglich. Erlebtes und Erlittenes,* beide Berlin 1925. Spannende Lektüre. Nichts Genaues weiß man danach. Man würde ja gerne »nicht schuldig« sagen … Die Knüller sind heute leicht auf Flohmärkten zu finden, das *Todesurteil* hat einen blutroten Kartonumschlag, die expressionistische Typographie des Titels hat aus dem T ein großes Henkerbeil gemacht. *Lebenslänglich* hat einen schwarzen Karton, der Titel ist in schriller Schreibschrift von hoffnungslosen Lichtresten umflort. Wenn Sie den ahnungslosen Verkäufern einen Euro dafür hinlegen, dürfen Sie auch noch aus der Weinkiste mit altem Küchengerät unterm Tisch den schönen Kartoffelstampfer mitnehmen. Ein Kenner nimmt Ihnen aber leicht dreißig Euro für ein Exemplar ab, und für den Kartoffelstampfer will er zehn.

Das ist mehr als gerechtfertigt.

Ob ich Hau für unschuldig halte? Je nun … Und Olga? Eine Olga muss man schon aus Namensgründen für verdächtig halten. Entscheidend ist, dass sie vor Gericht die Aussage machte, dass sie den Mörder ihrer Mutter nicht gesehen habe, nur von hinten, als einen schnell Weglaufenden, und dass der Kragen seines Mantels hochgestellt gewesen sei. Das hatten auch übereinstimmend die Zeugen gesagt, die Hau nicht am Tatort, aber doch um diese Zeit in den Alleen oder am Bahnhof gesehen hatten. Hätte Olga auf die Frage des Vorsitzenden: War der Kragen des davonlaufenden Mörders aufgestellt?, nicht mit Ja geantwortet, wäre man Hau zu verurteilen nicht in der Lage gewesen.

Buttermilch

Zwei betagte Schriftsteller, denen ihre Erfolglosig-
keit nichts mehr anhaben konnte, zähe Burschen
also, Clemens Furrer und Hajo Beuttenmüller,
trafen sich in der Lichtenthaler Allee. Clemens
Furrer kam vom Weihnachtsmarkt und schob ein
Damenfahrrad, an dessen Lenker eine mit einer
Suppenschüssel und zwei Mineralwasserflaschen
gefüllte Plastiktüte baumelte. Weißer Regenman-
tel, am Aufschlag einige bräunliche Flecken. Hut-
los. Sonnenbrille. Zahnlücke. Hajo Beuttenmüller
kam vom Einkauf in einem Supermarkt, schwarze
Mütze, schwarzer Mantel, schwarze Leinentasche
mit Buttermilchbechern. Dezembernachmittag.
Mild. Vom Weihnachtsmarkt dudelten Weihnachts-
lieder.

Die beiden ortsansässigen Schriftsteller kannten
sich seit Jahrzehnten, jeder unterlag sozusagen
gnadenlos der Beobachtung des anderen, Sottisen
übereinander füllten ihre Tagebücher. Da Clemens
Furrer annahm, dass Hajo Beuttenmüller jede Begegnung mit ihm in seinem Tagebuch dokumen-
tieren würde, verhielt er sich für seine Verhält-

nisse diskret, äußerte keine literarischen Urteile und hütete sich, im Gespräch Begebenheiten oder Erlebnisse von sich zu geben, die Beuttenmüller eventuell übernehmen und literarisch ausbeuten könnte. Beuttenmüller wiederum fürchtete nichts so sehr, als dass seine Scherze und Mitteilungen von Clemens Furrer als literarische Anregungen missbraucht werden könnten.

Furrer und Beuttenmüller begrüßten sich mit Handschlag, schließlich weihnachtete es. Beuttenmüller ließ allerdings seinen Handschuh dabei an, weil Furrer barhändig war und seine Hände von der Lenkstange wahrscheinlich eiskalt sein würden.

Nun, wie geht's?

Clemens Furrer gab an, im Filialladen des Versandhauses Quelle gewesen zu sein und einen Brief aufgegeben zu haben. Er nehme postalische Dienste nur noch bei Quelle in Anspruch. Da sei man freundlich, begrüße ihn mit Namen, erfülle alle seine Wünsche. Seinen Brief entgegennehmend, habe der Quelle-Mann anerkennend ausgerufen: »Paris, ein Brief von Herrn Furrer nach Paris, an eine Dame, oh, là, là!« Zwei Kundinnen im Laden hätten interessiert aufgesehen. Das sei eine Behandlung, die ihm gefalle, die Hauptpost, die jetzt im Kaufhaus residiere, biete nur eine schlecht und umständlich organisierte Massenabfertigung – die

ihren kleinstädtischen Charakter nicht verleug-
nende Quelle-Filiale dagegen sei die wahre Post,
ein Jungbrunnen! Da würde ein Brief nach Paris
noch gewürdigt.

Hajo Beuttenmüller sagte, er fände die deutschen
Briefmarken meist banal und sei empört, dass die
Ortsstempel abgeschafft und durch nichtssagende
Briefcenterstempel ersetzt worden seien, anstelle
eines schönen Stempels von Baden-Baden prange
jetzt Briefcenter 6 auf der Marke. Das sei doch un-
geheuerlich und aus der Sicht eines Briefmarken-
sammlers ein Verbrechen. Er versende jetzt seine
Post nur noch aus Basel, da stemple man ordentlich
ortsgebunden ab und die Briefmarken seien auch
noch schöner. Er beklebe seine Karten und Briefe
dort ausschließlich mit der 15-Rappen-Briefmarke,
die den in der Form außerordentlichen und in der
Anwendung einmaligen Schweizer Kartoffelschäler
in der Luft schwebend zeige. »Weltniveau!«, rief er,
»Form und Funktion Weltniveau, und als Brief-
marke besonders!«

Furrer, der ungeniert den Inhalt von Hajo Beuttenmüllers schwarzer Leinentasche zu erspähen
suchte, reagierte nicht darauf, sondern fuhr in seiner
Erzählung fort. Er habe eine Doppelpostkarte, eine
Karte mit Rückantwortmöglichkeit, haben wollen,
aber die führten selbst die freundlichen Quellianer

nicht mehr, ein Trauerspiel. Er müsse nämlich im Auftrag einer Freundin für eine Verwünschung den Vornamen der Großmutter des Sängers Marcel Sax herauskriegen, dafür sei die Doppelpostkarte gedacht gewesen. »Für ein magisches Rätsel, das auch Ihre Zukunft günstig beeinflussen wird, benötigen wir den Vornamen Ihrer Großmutter. Bitte teilen Sie uns deren Namen auf der bereits frankierten Antwortkarte mit. Mit gutem Gruß, Ihr Clemens Furrer«, hätte er auf die Doppelpostkarte schreiben wollen. Dann sei ihm eingefallen, dass der Sänger »für ein magisches Rätsel« verdächtig finden und von der Rückantwortkarte keinen Gebrauch machen könnte, so dass er stattdessen geschrieben hätte: »Sehr geehrter Herr Marcel Sax, Sie kennen mich als Verehrer Ihrer Kunst und als erfolglosen Schriftsteller, der sich jetzt als badischer Vornamenforscher einen bescheidenen Namen zu machen versucht und Sie deshalb freundlichst ersucht, ihm auf beiliegender, bereits vorfrankierter Antwortkarte den Namen Ihrer Großmutter für seine badische Vornamenfeldforschung großmütigst mitzuteilen. Hochachtungsvoll, Clemens Furrer.« Da es aber keine Doppelpostkarten mehr gebe, sei die Angelegenheit so ja nicht durchführbar, und er müsse, um seiner Freundin Cécile zu dienen, einen anderen Weg suchen, um den Namen der Großmutter des Sängers herauszufinden. Denn der Name der Großmutter sei für das Ritual einer magischen Verwünschung unerlässlich, behaupte seine Freundin Cécile, die vor einigen Jahrzehnten beinah von dem Sänger Sax vergewaltigt worden wäre, wenn er nicht ohne Toupet und in sie an ihren Vater erinnernde Unterwäsche in ihr Zimmer gedrungen wäre. Sie sei nämlich als junge Tramperin von ihm im Auto nach Konstanz mitgenommen und in Konstanz in einem Hotel untergebracht worden und wäre dann in der Nacht, als er plötzlich überraschend in ihr Zimmer eingedrungen sei, wahrscheinlich mit ihrem stillen Einverständnis vergewaltigt worden, wenn er sein Toupet anbehalten und andere Unterwäsche getragen hätte. Da sie bisher nicht dazu gekommen und in der Magie der Verwünschung noch nicht so sicher gewesen sei, müsse die längst fällige Vergeltungsmaßnahme jetzt rasch erledigt werden, bevor der auch nicht mehr als Sänger, sondern nur noch als sogenannter Entertainer auftretende Marcel Sax vom Schlag getroffen oder von einer unheilbaren Krankheit befallen würde. Er, zum Beispiel, sagte der sich schwer auf den Lenker seines Fahrrads stützende Clemens Furrer, käme geradewegs aus dem Krankenhaus, seine Nieren seien im Eimer. Deswegen auch seine schwere Plastiktüte, da sei Hansjakob-Wasser drin, das müsse er jetzt trinken, literweise.

Ja, ja, der Clemens, würden seine Freundinnen mit erhobenem Finger lästern, immer ein Gläschen im Händchen! Nix da, er habe ja immer nur Champagner getrunken, nie allein, nur in Gesellschaft, nachgerade dienstlich, jetzt täten die Nieren versagen, wenn er nicht anderthalb Liter Hansjakob-Wasser täglich in sich schütten würde. Das sei ja wohl auch ein Witz, ein Mineralwasser, dazu ein ausgefallen schlechtes, nach dem Schwarzwälder Pfarrer und Heimatschriftsteller Heinrich Hansjakob, einem bekennenden Alkoholiker, zu nennen.

Das gibt mir die Hoffnung, sagte Hajo Beuttenmüller, eines Tages auch meinen Namen auf einer Mineralwasserflasche wiederzufinden, denn wie Hansjakob war ich begeisterter Topinambur-Trinker, als Anschubhilfe für des Tages Mühen.

Der Brunnenbesitzer in Bad Griesbach, sagte Clemens Furrer, ohne auf Beuttenmüllers Bekenntnis einzugehen, der Brunnenbesitzer, der auf die Idee gekommen sei, sein Wasser nach Hansjakob zu benennen, heiße übrigens Hundertmarck, ein Mann namens Hundertmarck, kein Name mit Donnerhall, aber mit Geldhintergrund, über den er einiges erzählen könne. Nichts, was mit der Vermehrung eines Wasserpfennigs zu einem Hunderter zu tun hätte, sondern etwas nicht mit seinem Namen zu tun Habendes, nachgerade Intimes.

Keine Intimitäten, rief Hajo Beuttenmüller, ich hasse das. Doch darf ich Sie zu einer Karussellfahrt einladen, Clemens? Und er zeigte zum Kinderkarussell, aus dem gerade das Lied *Stille Nacht, heilige Nacht* ertönte.

Nein danke, sagte Clemens Furrer und schob sein Fahrrad an.

Als die beiden Schriftsteller ihre jeweiligen Wohnungen erreicht, ihre Besorgungen abgelegt, Clemens Furrer seine Mahlzeit vom Weihnachtsmarkt aufgewärmt und gegessen, Hajo Beuttenmüller eine Tasse Buttermilch getrunken hatten, setzten sie sich an ihre Schreibtische und schlugen die Tagebücher auf.

Traf Hajo Beuttenmüller in der Allee, schrieb Furrer. Er wankte unter der Last einer Fuhre Buttermilch im zum schwarzen Mantel passenden Leinensack. Lief er nicht achtundsechzig nur im roten Latzanzug durch die Lichtenthaler Allee? Hajo, die Latzhose. Eigentlich ein guter Titel für ein Kinderbuch, Hajo in der roten Latzhose.

Bei der Begrüßung machte er keine Anstalten, seine natürlich schwarzen Handschuhe abzustreifen. Eigentlich geben wir uns ja nie die Hand, aber schließlich ist Vorweihnachtszeit. Auf den Kopf hatte Beuttenmüller eine pechschwarze französierende Tellermütze gelegt, die ihm über ein Auge lappte und beinah ein freibeuterisches Aussehen verlieh. Vielleicht will er ja in Baden-Baden den Schrittmacher für die Piraten-Partei machen. Wahrscheinlich braucht er die Buttermilch für eine seiner berüchtigten Gesellschaften, in deren Verlauf, wie man sich erzählt, immer eine in seine rüde Runde aufzunehmende, meist aus den finstersten Ecken des Murgtales stammende Novizin, bevor man sich mit ihr intimer befasst, in Buttermilch eingelegt wird.

Ein Mineralwasser nach einem Alkoholiker zu nennen, zumal einem Schriftsteller, fände er vernünftig. Würde sich der Name des einen nach einer gewissen Zeit ausgesprudelt haben, nehme man einen neuen, der Vorrat an trinkenden Schriftstellern oder schriftstellernden Trinkern sei ja Gott sei's geklagt unerschöpflich. Ungefragt erzählte er mir, früher schon vor dem Mittagessen eine halbe Flasche Topinambur in Angriff genommen zu haben. Das erklärt aber nicht seine schmale Produktion. Ich vermute, er tarnt sich nur als Alkoholiker, in Wahrheit ist er einfach faul.

Hajo Beuttenmüller saß derweil in einer schwarzen Strickjacke und mit schwarzen Filzpantoffeln gerüstet am Schreibtisch und schrieb in sein Tagebuch: Clemens Furrer in der Allee, Fahrrad als Krückstock, bekleckerter Mantel, kauft sich sein Essen auf dem Weihnachtsmarkt, braune Tunke mit Klops. Es fehlt ihm in der oberen Reihe ein Zahn. Versuchte er etwa zuzubeißen? Und wieder eine seiner Frauengeschichten. Netter Zug von ihm, sich um die Frauen zu kümmern. Als er noch auf dem Fahrrad fahren konnte und wenn er eine schöne Frau sah, steuerte er nah dran und ließ sich vom Rad fallen.

Trug spezielle Puffer (Protektoren) an Knie und Armgelenk, um sich beim Sturz nicht zu verletzen. Und die Schöne half ihm auf, klopfte ihm die Hose ab, schraubte den Fahrradklingeldeckel, der sich gelockert hatte, fest, haben Sie sich auch nicht weh getan? Soll ich Sie nicht lieber zum Arzt begleiten? Lud dann die Dame ins Café König ein, Kuchen futtern, Champagner trinken und was man sonst noch mit Frauen machen kann. Aber hinter alledem ein echter Zug, der Hang zu Frauengegenwarten. Hat auch jahrelang eine Korrespondenz mit Soraya geführt und sie einmal in Kloten getroffen. *Soraya und ich,* schreibt er wohl dran, mit Zitaten aus den intimen Briefen der früheren Kaiserin an einen Dichter.

Besorgt seine Post nur noch bei Quelle, weil sie

ihn da für einen Weltmann halten. Als ich ihm sagte, ich würde meine Post nur noch von der Schweiz aus expedieren, wegen des Ortsstempels und der 15-Rappen-Marke mit dem schwebenden Kartoffelschäler, reagierte er nicht einmal. Er weiß nichts von der Schönheit eines Kartoffelschälers. Er hat noch nie eine Kartoffel geschält, er weiß wahrscheinlich überhaupt nicht, dass Kartoffeln Schalen haben. Vielleicht ist er aber auch inzwischen schwerhörig. Schielte unentwegt nach meinem Leinenbeutel mit der Buttermilch. Ich sah's ihm an, wie er krampfhaft überlegte, was ich mit der Buttermilch wohl anstellen würde. Dass man Buttermilch auch trinken kann, würde ihm nie in den Sinn kommen.

DICHTER IM GROSSEN HAUPTQUARTIER

Hegels Schwester

Sie war beim Landvogt Graf von Berlichingen im Württembergischen als Gouvernante angestellt, eine gefällige Person, die auch die Eiserne Hand des alten Götz von Berlichingen unter Verwahrung hatte. Nicht die, die man Berlichingen 1504 bei der Belagerung von Landshut nach Verlust der natürlichen ersetzt hatte, sondern die, die ihm Ambroise Paré, der bedeutende Wundarzt, Chirurg und Prothetiker, viele Jahre später angepasst hatte. Diese Eiserne Hand brachte Hegels Schwester, sobald es gewünscht wurde, zur Betrachtung für Einheimische und Fremde ins jeweilige Haus und verstand die Handhabung der Sache einleuchtend darzustellen. Als ihr das Gelaufe lästig wurde, die Anfragen der Neugierigen, die Eiserne Hand zu sehen, aber nicht abebbten, ließ sie den Transport der Eisernen Hand die Post besorgen. Sie legte dann gar oft eine getrocknete Blume oder eine Häherfeder zwischen die eisernen Finger, dazu eine ausführliche Beschreibung von Machart und Gebrauch der Sache, die sie sorgfältig nach Parés Ausführungen zur Erstattung verlorener Glieder in Deutsch versetzt und mit Zeichnungen zur Funktion der Eisernen Hand versehen hatte. Eine bewundernswerte Arbeit, die in einem schlichten Pergamentband mit blauem Sprengschnitt und abgeschrägten Seitenkanten bei beiden Buchdeckeln noch heute das Entzücken eines Kenners hervorzurufen vermag. Mit den Jahren verfiel sie der fixen Idee, sie sei selbst eine Hand, und in ihrem Körper würden fünf Rädchen zarte Gestelle in Gang halten, die sie zu Bewegungen zwängen, wie sie nur einer künstlichen Hand zu eigen sind. Und die Sorge, dass man ihren Zustand und sie als künstliche Hand erkenne, ängstigte sie immer mehr. Näherte sich ihr ein fremder Mensch, so fing sie an zu fürchten, er sehe sie als aufrecht gehende Hand, wolle sie in Packpapier einwickeln, mit Bindfäden fesseln und auf die Post tragen. Diese Angst steigerte sich in ihr bis zur höchsten Schwermut, in welcher sie, wie Justinus Kerner berichtet, einen freiwilligen Tod in der Nagold suchte, was dem Polizeibericht widerspricht, der den Tod in der Teinach ortete. Die Teinach ist ein schmächtiges Flüsschen, kommt aus dem Schwarzwald, das Wasser reichte gerade zum Sterben. Hegels Schwester war achtundfünfzig Jahre alt.

Die Teinach fließt in die Nagold, die Nagold in den Neckar, der Neckar geht in den Rhein, wo alles hineinwill, und der Rhein bringt es bis Holland, wo

es undurchsichtig hindurch- und wieder hinaus-
geht, die Holländer haben ja die Tendenz, alles zu
vertüten. Wo andere sich alles in die Säcke stopfen,
hält der Holländer die Tüte bereit; die deutsche
Redensart, das kommt gar nicht in die Tüte, ist
dem Holländer völlig unverständlich. So nimmt es
auch nicht wunder, dass die Holländer bereits vier
Rheinmündungen ins Meer haben, sie sollen aber
an einer weiteren arbeiten.

Hegel starb auch in jenen Jahren.

Luther

Wir hatten im Dorf einen Pfarrer, der seinem Raben Luther das Vorrecht ließ, den Bibeltext für die Sonntagspredigt auszusuchen. Für heute, so begann er jede Sonntagspredigt, hat Luther die Bibelstelle bestimmt. Er las sie dann vor, redete ein wenig drum rum, kam aber immer bald auf Luther zu sprechen, seine schillernden Federn, das würdige Kleid, seine Intelligenz. Die Intelligenz, die darin bestand, dass Luther mit einem Fuß in den Seiten der Bibel herumwühlte und mit dem Schnabel auf eine Stelle hackte. Auch die Engel, führte der Pfarrer aus, seien ja nicht alle im weißen Rock und mit weißen Flügeln unterwegs, das falsche Bild sei in erster Linie den Berufsmalern anzukreiden, in Wirklichkeit, falls es eine Wirklichkeit gäbe, in Wirklichkeit also seien die Engel schwarz, zumindest ihre Flügel seien schwarz, rabenschwarz, und unter ihren Deckfedern böten sie Wärme und Geborgenheit, genau so, wie die Seiten der Bibel Weisheit und Trost bereithielten. Daran sollten wir immer denken, wenn wir einen Engel sähen.

Stalin und ich

In meiner Kindheit konzentrierte sich das Böse in Stalin. Er hatte deutsche Frauen vergewaltigt, kleine Kinder gegen die Wand geschmettert, und arme deutsche Soldaten, die nichts getan hatten, mussten in seinen Lagern in Sibirien Wassersuppe essen. Ich hörte viel über Stalin. Über Hitler wurde selten gesprochen. Man hatte ihn wohl nicht richtig verstanden damals. Er hatte ja Deutschland nach vorne gebracht. Und rauchte nicht. Keine Weibergeschichten. Generäle und Parteibonzen fielen hinter seinem Rücken über ihn her und machten nicht, was gut war für Deutschland. Die Autobahn war von ihm und die vielen wunderbaren Abzeichen mit Panzern drauf und Flugzeugen und U-Booten und dem schönen Hakenkreuz, die in dem Kirschholzkistchen verwahrt waren, das ich eigentlich allein nicht aufmachen durfte. Ich wusste aber mein schlechtes Gewissen zu zähmen. Wenn ich das Kistchen aufmachte, um die Schätze durch die Finger gleiten zu lassen, war ich nicht ich, ich war Stalin.

Donnerstag

Schwindel, Schweißausbrüche, Herzrasen, Seh-schwäche rechts (Zwinkerzwang), Dupuytren rech-ter Hand, Beinloch links und einschlafende Füße, sonst gut drauf.

Raststätte

Es war schweinekalt. Draußen irrte eine Frau herum. Ihr Mann war davongefahren und hatte sie vergessen. Kommen Sie rein, sagte ich, essen Sie eine Kartoffelsuppe. Mein Mann ist Politiker, sagte sie.

Geld aus dem Nichts, aber über Nacht

Weil dumme Jungs aus der Finanzindustrie jahrelang weltweit den Leuten das Geld abgenommen
hatten, indem sie vorgaben, es zu vermehren, noch
und nöcher, dachten sich zwei Strolche, die auch
zu Schelmen taugten, so dumm, dass es die Polizei
erlaubt, werden die Leute nicht noch einmal sein,
wir müssen es besser machen. Nicht nur gewissen-
lose Finanzakrobaten, sondern auch hübsch an-
zusehende Staaten wie die Vereinigten von Amerika
und Deutschland hatten durch enorme Erhöhung
der Umlaufmenge des nicht mehr an Gold gebundenen Geldes an allen Ecken gigantische Schulden
aufgehäuft und den systemrelevanten Banken Bil-
lionen an Spielgeld zukommen lassen, mit dem die
Bankjungs weiterhin Unfug treiben konnten. Da
machen wir nicht mit, sagten sich die zwei Schelme
in Baden, wir müssen den Leuten die Augen öffnen,
sonst geht wieder einmal alles den Bach runter.

Sie tranken sich einen handlungserleichternden
Mut an, und als es ans Bezahlen ging, zeigten sie
dem Wirt ein Kästchen, legten ein weißes Papier
hinein, das genau so groß war wie der Fünfzig-

Euro-Schein, den sie darauf legten, und sagten, der Rest sei Trinkgeld. Meine Herren, sagte der Wirt, Sie tranken für zwei, die Zeche macht ja schon mehr als fünfzig. Wissen wir, sagten die Schelme, wir sind aber für unsre Trinkgelder bekannt. Der eine nahm ein Fläschlein aus der Tasche und beträufelte damit den Geldschein, der andere sagte, die Chemie macht's, verraten wird nichts, morgen haben Sie in dem Kästchen hundert Euro. Da wett ich meinen Hut, daraus wird nichts, sagte der Wirt. Hut haben wir selber, sagte der eine Strolch, der andere, Wetten Sie lieber ein Tagesabschlussgetränk. Als der ungläubige Wirt nun aufstand und zu den Schnäpsen hinter der Theke ging, nahm der eine Schelm das Papier unter dem Geldschein an sich, und der andere legte dafür einen neuen hübschen Fünfzig-Euro-Schein unter den beträufelten. Als der Wirt mit den Schnäpsen kam, schoben ihm die Strolche das geschlossene Kästchen hin, griffen nach den Gläsern und sagten, Prost, mit Gottes Hilfe. Allerdings dürfe der Wirt das Kästchen nicht öffnen, deswegen nähmen sie den Schlüssel mit. Morgen kämen sie zur gleichen Zeit wieder, sagten die Strolche, schlössen auf und wollten sich an seinem verdutzten Gesicht erfreun. Und schweigen müsse der Wirt über die Geldvermehrung wie ein Grab, sagte der eine. Sonst würden die Banken eifersüchtig und vernichteten aus Frust noch mehr Geld, sagte der andere.

Der Wirt konnte sich die Sache nicht erklären, dachte, eher einem Scherz aufgesessen zu sein als einer Schandtat, und wunderte sich nachgerade ein wenig, als die beiden angeblichen Geldvermehrer anderntags zur angekündigten Stunde bei ihm reinschauten, auch das Getränk nicht verabscheuten, das er ihnen vorsetzte. Dann ging's ans Kästchenöffnen, und siehe – der Wirt konnte es nicht fassen! Und die Strolche hätten über sein Gesicht laut lachen können, vermieden es aber, weil sie ihre Geheimwissenschaft nicht öffentlich machen wollten.

Sie kamen jetzt öfter, der Wirt spendierte einen Schnaps nach dem anderen, noch dringender wollte er das Experiment wiederholen. Ob man denn auch größere Geldscheine beträufeln könne, wollte er wissen. Und ob, sagten seine treuen Besucher, man müsse nur mehr von der wertvollen Tinktur nehmen, dann könne man zum Beispiel ein Dutzend Fünfhundert-Euro-Scheine vermehren, aber das sei noch strenger geheim.

Kann ein Wirt so blöd sein, fragt sich hier der Leser, und wo steckt so einer. Nun, ich weiß es wohl, sag aber nichts.

Als es so weit war, dass der Wirt ein Dutzend Fünfhundert-Euro-Scheine in das Kästchen legte und die fidelen Gäste immer ein weißes Papier dazwischenlegten und das Ganze mit der kostbaren Tinktur beträufelten, danach das Kästchen schlossen und dem Wirt hinschoben und der Wirt das Tagesabschlussgetränk holte, steckte der eine Strolch das Kästchen mit dem Geld – schwups – in die Manteltasche, und der andere holte ein genauso aussehendes aus seinem Mantel und stellte es – schwups – an die Stelle des alten. Dann ließen sie wieder den Herrgott hochleben, Prost da oben und wir da unten, wollten anderntags wiederkommen, das Kästchen öffnen und sich am Gesicht des Wirtes erfreun …

Der Wirt behielt aber sein Gesicht, als die beiden Betrüger nicht wiederkamen und er das Kästchen aufgebrochen hatte. Er behielt es sogar eine ganze Weile, die allerdings reichte, um ihn weithin bekannt und beliebt zu machen. Es spiegelte sich im Gesicht des Wirtes nämlich alles Elend der Welt, auf das sich so herrlich mitfühlend anstoßen lässt.

Die beiden Schelme aber ziehen heute noch durch die Lande, sollen jedoch die Tinktur gewechselt haben.

Vom kleinen Finger

Ich führte meinen kleinen linken Finger, um eine gewisse Störung zu beheben, ins linke Ohr, er überwand die Vorhöfe, geriet in den Schlund und wurde gewaltsam angezogen, -gezupft und -gesaugt, so dass er sich von der Hand löste, die inneren Bezirke des Ohrs überwand und in eine Art Kanal geriet, der ihn in die Tiefe schwemmte. Er flößte nun so dahin und zeigte mir gewisse Schönheiten der inneren Organe, von denen ich bisher nichts geahnt hatte. Es schien mir nun auch immer gewisser, dass wir nur in den Eingeweiden wirklich zu Hause sind. Der kleine Finger zeigte auch Schadstellen, undichte Flansche, nahezu verstopfte Röhren. Ich dankte meinem Finger für die Entdeckungen und versprach, Reparaturen durchführen zu lassen. Als ich ihn aufforderte, zurückzukommen und sich den Fingern der linken Hand zuzugesellen, hörte er mich nicht oder wollte mich nicht hören, verblieb da unten, zog seine Kreise und zeigte mir unermüdlich dieses und jenes ihm zu meiner Kenntnis zu gelangen notwendig Erscheinende, was mich so ermüdete, dass ich null Komma nix einschlief.

Anderentags schied ich den Finger auf natür-
lichem Wege aus und brachte ihn an seiner alten
Position unter. Deutlich war eine Verstimmung der
anderen Finger zu spüren und eine Tendenz, den
kleinen von ihren Unternehmungen auszuschlie-
ßen. Der nahm daraufhin eine Trotzhaltung ein,
verweigerte jegliche Mitarbeit, starr und stur ragte
er bei allen Griffen der anderen seitwärts in die
Höh, was mir als seinem Träger bei auf Manieren
achtenden Leuten manchen Tadel einbrachte.

Berthold der Berserker

Ihr Heimweg führte ein Stück am Wald entlang.
Der Weg war so weit von der Schule nach Hause
und langweilig, nur wenn das Stück kam, das am
Wald entlang führte, war es nicht mehr so langweilig. Weil sie sich an dieser Stelle immer etwas
vorstellte. Hier könnte endlich Berthold der Berserker aus dem Wald kommen und sie hineinziehen.
Oder er könnte mit seinem Auto auf der Straße
angebraust kommen und in diesen Waldweg ein-
biegen und dann was mit ihr anstellen. Vor Berthold dem Berserker hatten alle Mädchen Angst, nur
sie nicht. Die anderen Mädchen liefen weg, wenn
Berthold auftauchte. Er musste hinter den Mädchen
herlaufen und sie zu Boden werfen und ihre Kleider
zerreißen und ihnen den Mund zuhalten, weil sie
schrien. Sie würde nicht schreien. Sie würde sagen,
Guten Tag, Berthold, wenn du mich willst, nimm
mich. Und sie würde sich auf die Motorhaube seines Porsche legen, aber die Unterhose anbehalten,
weil die Motorhaube verdammt heiß wäre, denn
Berthold hätte den Motor wie verrückt gequält,
um schneller bei ihr zu sein. Dann würde Berthold

fragen, Willst du es? Und sie würde sagen, Ja, das volle Programm.

Endlich war es so weit. Sie hörte hinter sich Bertholds Auto aufjaulen, dann schoss es dicht an ihr vorbei und bog in den Waldweg ein und stand still. Berthold stieg aus und ging auf sie zu. Guten Tag, Berthold, sagte sie und schloss die Augen.

Kennst du mich, fragte Berthold.

Du bist Berthold der Berserker, sagte sie.

Alle anderen fürchten sich vor mir und laufen weg, sagte Berthold der Berserker.

Ich nicht, sagte sie, ich habe auf dich gewartet.

Sie öffnete die Augen und sah Berthold an. Er war noch schöner, als sie es sich vorgestellt hatte.

Soll ich mich auf die Motorhaube legen, fragte sie.

Wenn du willst, sagte Berthold der Berserker.

Sie legte sich rückwärts auf die Motorhaube und schloss wieder die Augen. Mit offenen Augen war alles viel zu schön und gar nicht zu ertragen.

Warum hast du deine Unterhose anbehalten, fragte Berthold.

Weil deine Motorhaube so heiß ist, sagte sie.

Es ist schlimm, wenn man so einen Ruf hat wie ich, sagte Berthold und begann zu weinen.

Weinst du, fragte sie.

Ich muss, sagte Berthold, wegen meines Rufs in der Öffentlichkeit.

Du musst nicht weinen, Berthold, sagte sie. Erfülle nur getrost deinen Ruf, dann machst du mich glücklich.

Aber Berthold der Berserker weinte und weinte und wollte nicht enden. Da besann sie sich ihrer Mutter, die sich bestimmt schon Sorgen machte. Sie öffnete die Augen und sah Berthold, der weinend vor ihr auf den Knien lag.

Ich geh jetzt, sonst sorgt sich meine Mutter, sagte sie und ging. Dann drehte sie sich noch einmal um und rief, Morgen eine Stunde früher, weil die Musikstunde ausfällt.

König von Zion

Münster in Westfalen, Domplatz: Tausend Münsteraner und religiöse und politische Flüchtlinge stehen um ein Gerüst herum, auf dem ein Prophet der Wiedertäufer dem vor ihm knienden Holländer Jan van Leyden das Haupt salbt: »Ich salbe dich auf Befehl des Vaters zum Könige des neuen Tempels und rufe dich im Angesichte des ganzen Volkes zum König des neuen Zion aus.« Jan van Leyden erhebt sich, nimmt dem Propheten die Krone aus der Hand und setzt sie sich auf. »Nun hat Gott mich zum König gewählt über die ganze Welt«, sagt er, »aber ich sage euch, ich wollte viel lieber ein Schweinehirte sein, als dass ich König sein soll. Was ich tue, das muss ich tun. Liebe Brüder und Schwestern, das lasst uns Gott danken.« Dann wird gesungen: »Allein Gott in der Höh sei Ehr«, und ein jeder geht wieder nach Hause, prüft die Vorräte, schärft die Waffen, befestigt die Wälle. Das ist im September 1534. Die Stadt ist umstellt von den Truppen des Bischofs, hundertfache Überlegenheit. Denn nichts vereinigt Menschen aller Art so sehr zu einem gemeinsamen Hass wie das Wort Gütergemeinschaft. Die wird von den Eingeschlossenen in Münster praktiziert, in dem neuen Zion, in dem die Güter gleichmäßig an alle verteilt sind. Das darf nicht sein und kann nicht sein und wird auch nicht gutgehen. Noch heute kein eindeutiges Urteil über diesen Jan van Leyden – ist er nun der erste Großterrorist, der nihilistische Verführer einer christlichen Gemeinschaft oder ein christlich-kommunistischer Idealist? Für katholische oder staatstragende Geschichtsschreiber ist das natürlich keine Frage. Auch die Antwort, die Dürrenmatt in *Es steht geschrieben* und *Die Wiedertäufer* gibt, will uns nicht gefallen.

Der Dom in Münster heißt jetzt die große Steinkuhle, und andere Kirchen heißen »olde steenkule« oder »lütte steenkule«. Die Wiedertäufer holen die Steine von den Kirchen, schleppen sie auf die Wälle und schleudern sie auf die Belagerer. Vieles, was wir als Zerstörungslust oder Vandalismus auffassen, erklärt sich aus Hass und Geringschätzung des Kirchlichen. Kirche, Klöster, Bischöfe hatten den Münsteranern Steuern aufgezwungen und ihre Verdienstmöglichkeiten beschnitten, indem sie selbst als Anbieter von Waren auf dem Markt auftraten. Die religiöse Erregung der Reformationszeit gut nutzend, ließ Jan van Leyden die Kirchturmspitzen mit der Begründung abtragen, dass das Hohe erniedrigt und das Niedrige erhöht werden müsse. Außerdem konnte man die gewonnenen Steine gut als Wurfgeschosse nutzen und auf den geschliffenen Kirchtürmen Kanonen aufstellen.

Jan Bockelson, genannt Jan van Leyden, König von Zion in Münster, ist gerade fünfundzwanzig Jahre alt. Er reiste in Frankreich, England, Deutschland, Portugal, erwarb sich Kenntnisse und trat unter anderem als Schauspieler auf. Es wird berichtet, er habe siebzehn Frauen gehabt, und seine Mitbrüder, die Knipperdollincks, Krechtings und die anderen, hätten es ebenso gehalten, einmal aus Gründen der Wollust und ein andermal des Unterhalts der überzähligen Frauen wegen.

Die Wiedertäufer blieben unerschütterlich, ja sie schickten in ihrem Wahn Apostel aus, um im Lager des Bischofs zu missionieren. Sie wurden sofort umgebracht. Vermittlungsvorschläge des Reichs und der Hansestädte nahmen die Täufer nicht an. Sie hatten sich eine altbiblische Haltung zugelegt, die nichts anderes als Sieg oder Untergang kannte. Zuletzt gab es nichts mehr zu essen außer dem Gras auf dem Domplatz. Dennoch, besiegt wurden sie nur durch Verrat. Jan van Leyden blieb hohen Sinnes. Als der Bischof ihn höhnisch anredete: »Bist du ein König?«, stellte Jan van Leyden die Gegenfrage: »Bist du ein Bischof?«

Die Rache war fürcherlich. Der Bischof weidete sich an den Qualen der öffentlich Gefolterten. Jan van Leyden, Knipperdollinck und Krechting blieben standhaft und leugneten ihre Überzeugung nicht. Auch ihre Frauen ließen sich lieber köpfen, als der Wiedertäuferei abzuschwören. Nach den Folterungen wurden Jan van Leyden, Knipperdollinck und Krechting in eiserne Käfige gesperrt und den Raben zum Fraße ausgestellt. Die drei Käfige hängen noch heute an der Lambertikirche. Mütter führen ihre Kinder hin, wenn sie Schwierigkeiten machen, und weisen mit dem Finger zu den Käfigen, so endet man in Münster, wenn man nicht artig ist.

Dichter im Großen Hauptquartier

*(Dank an Kaiser Wilhelm II., Ludwig Ganghofer
und Karl Kraus)*

Den ganzen Tag war er nicht dazu gekommen, eine Kleinigkeit zu essen. Er war viel zu aufgeregt dazu – hier in Feindesland. Und wie großartig überall die deutschen Waffen gewirkt hatten. Da ein zerschossenes Dorf, da ein grauenvoll verwüstetes Gehöft. Heftig schlägt Ganghofer das Herz unter dem Touristenkittel – er ist ja leider schon zu alt, um Soldat zu sein –, ihn beschäftigt nur die Frage: Wie wird der Kaiser aussehen? Was wird er lesen können aus seinen Zügen, was wird er fühlen müssen unter dem Blick seiner blanken Augen, jetzt, in dieser Zeit des Ringens, in der jedes deutsche Herz sich sehnt nach dem aufrichtigen Orakel eines Wissenden?

Der Schriftsteller Ludwig Ganghofer ist auf der Fahrt ins Große Hauptquartier, er ist zur kaiserlichen Tafel geladen.

Ganghofer ist der Lieblingsschriftsteller und ein guter Freund von Wilhelm II. Besonders hat es Kaiser Wilhelm *Der hohe Schein* angetan, »ganz großartig«, und *Das Schweigen im Walde,* »ganz famos«. Beeindruckende Stellen aus dem *Schweigen im Walde* hat der Kaiser als Sinnsprüche auf große Tafeln setzen lassen, zum Beispiel: *Stark sein im Schmerz* und *Nicht wünschen, was unerreichbar oder wertlos…* Das war ein erhebender Augenblick gewesen, zuletzt in München, als der Kaiser mit Ganghofer im Hofgarten flanierte und auf einen Wink hin zwei Flügeladjutanten einige dieser kaiserlichen Ganghofer-Tafeln herbeibrachten. Die Sinnsprüche seien ihm so sympathisch und entsprächen seinen Lebensanschauungen, hatte S. M. gesagt und angekündigt, die Ganghofer-Zitate gegen die herrschende Reichsverdrossenheit einzusetzen. Optimismus sei angesagt und nicht Reichsverdrossenheit, denn was habe man von Reichsverdrossenheit, nichts habe man davon, lieber arbeiten und unverdrossen vorwärtsschauen, wie er selbst, der Kaiser.

Und nun also Großes Hauptquartier, kaiserliche Tafel, Ganghofer mit Mordshunger, aber er muss ja den Kaiser beobachten und jedes seiner Worte bewahren, um es später aufschreiben zu können für alle Ewigkeit. Es ist alles so immens wichtig, was Seine Majestät, der oberste Kriegsherr, zu sagen hat. Hat der heiße Atem des Krieges ihn angehaucht und in ihm geweckt, was nie noch in seinem Innern war? Ist in ihm unter dem Donnerdröhnen des Schlachtfeldes ein Neues entstanden, das man beklagen, vor dem man erschrecken müsste?

Da tritt er ein, in der feldgrauen Generalsuniform, mit dem ruhig-elastischen Schritt, den Ganghofer immer schon am Kaiser bewundert hat. Wohl wahr, sein Haar, mit der kleinen trotzigen Welle über der rechten Schläfe, ist seit dem Frühjahr ein wenig grauer geworden. Und eine Furchenlinie, die Ganghofer früher nie gesehen, hat sich dem Kaiser in die Stirne geschnitten und schattet zwischen den Brauen. Aber nur eines einzigen Blickes in diese klaren und offen sprechenden Augen bedarf es – und gleich einer glühenden Welle durchströmt Ganghofer die Gewissheit: Deutschland kann aufatmen. In jeder Wertlinie seines Wesens ist der Kaiser gewachsen, nachgerade ins Höhere und Tiefere. Und bevor Ganghofer noch ein erstes Wort von ihm hört, strömt etwas Aufrichtendes in ihn über. Ein frohes Gefühl der Sicherheit ist in ihm, ein erneuter Glaube und erhöhtes Vertrauen. Er weiß nun, es kann nichts mehr schiefgehen, bei Deutschland ist die Wahrheit, das Recht, die Kraft und der Sieg.

Jetzt kurzer forschender Blick des Kaisers aus seinen stählernen Augen, dann nickt er freundlich und – die ersten Worte: »Na, Ganghofer, Ihre Bayern! Prachtvolle Leute! Die haben feste und tüchtige Arbeit gemacht! Und vorwärts geht es, überall, Gott sei Dank!«

»Ich bedanke mich für das Lob meiner tapferen Bayern«, sagt Ganghofer, »und will nicht säumen, siegesgewisse Grüße von Sven Hedin auszurichten.«

»Ein trefflicher Mann«, sagt der Kaiser, »obwohl neutraler Schwede mit jüdischen Vorfahren heiß auf unsrer Seite. Ich werde ihn ins Große Hauptquartier einladen und ihm einen Orden verleihen.«

»Großartig«, sagt Ganghofer.

»Ja«, sagt der Kaiser.

Ganghofer ist selig. Und jetzt heißt es weiter aufpassen, was da an großen Gedanken noch geäußert wird, denn er muss es in der Heimat erzählen, er muss es bewahren für alle Zeiten. Und so aufgeregt ist er, dass er gar nicht richtig essen kann, aber dem Kaiser entgeht das natürlich nicht, und zum Abschied steckt er ihm einige Kuchenstücke in die Tasche. Die verzehrt Ganghofer dann in der Nacht im Gästebett des Großen Hauptquartiers, und Schauer des Glücks überrieseln ihn, einmal des großen Erlebnisses und einmal des kaiserlichen Kuchens wegen.

Am nächsten Tag darf Ganghofer auf einem Beobachtungsstand ansitzen, den man für den Kaiser auf einem Feldherrenhügel errichtet hat. Später soll auch S. M. kommen.

Wie etwas ganz Feines und Zierliches fliegt ein deutscher Doppeldecker zweitausend Meter hoch im Blau. Ganghofer vernimmt sein sanftes Rauschen. Da beginnt auch schon die Kanonade von der französischen Linie her, ein Maschinengewehr erhebt seine langsame Unkenstimme: Tack, tack, tack, tack, und neben der Sonne puffen in langer Reihe die grauen Kugelwölklein der Schrapnellschüsse aus dem blauen Nichts heraus. In Ganghofers Seele ist ein heißer Schrei: »Fliege, fliege, du deutscher Bruder da droben, erfülle deine kühne Pflicht, lass dich nicht herunterholen vom Hass deiner Feinde!« Geradhin und ruhig segelt der Doppeldecker wie ein wilder Schwan, der die Tiefe verachtet. Ganghofer muss zwei Worte flüstern: »Deutscher Flug!«

Der Kaiser kommt. Sofort gilt seine Sorge Ganghofers leiblichem Wohl. Ob er schon Mittagbrot gegessen habe?

Ganghofer verneint, er könne in solch großer Zeit nicht an so etwas denken.

Der Kaiser winkt seinem Flügeladjutanten und lässt ihn eine Dose Zwieback bringen. Zwieback, weiß Ganghofer, gibt es nur im Felde, nach der Schlacht kommt Kuchen. Der Kaiser greift selbst in die Dose und reicht Ganghofer einen Zwieback: »Essen Sie, Ganghofer, nun essen Sie doch!« Ganghofer hält den Zwieback unschlüssig in der Hand, beißt aber nach des Kaisers zweiter Weisung ein Stückchen ab und zeigt mit dem angebissenen Zwieback zum entschwindenden Doppeldecker. »Deutscher Flug«, sagt er.

Und der Kaiser sagt: »Ja, Flügel haben, das heißt für die anderen immer zu spät kommen … Essen Sie doch, Ganghofer.«

Wie Kafka beinah nach Baden-Baden in Groddecks Sanatorium gekommen wäre vielleicht

Im Oktober 1984 wurde in den Wäldern Lichtenthals ob Baden-Baden der Es-Punkt eingeweiht, ein von Alfonso Hüppi und Eberhard Eckerle geschaffenes unterirdisches Denkmal, das an die Hütte erinnert, in der Georg Groddeck *Das Buch vom Es* schrieb. Anlass war der 50. Todestag Groddecks. Groddeck starb am 11. Juni 1934, Kafka am 3. Juni 1924.

Auf einer Ansichtskarte von einer Reise, die er mit seiner ältesten Schwester Elli unternahm, um deren Mann, der als Soldat in Ungarn im Einsatz war, zu besuchen, schrieb Kafka an Felice Bauer: *Heute bin ich seit früh auf dem Land, allein mit einer Biographie Bismarcks, in der ich kaum lese ...*

Mag sein, aber einiges hat er doch behalten. Als es im Sanatorium Kierling mit ihm zu Ende ging und der Arzt, der Medizinalkandidat Robert Klopstock, ihm geraten hatte, wegen seiner sich verschlimmernden Kehlkopftuberkulose nicht mehr zu sprechen, schrieb Kafka, was er zu sagen hatte, auf Zettel. Klopstock hat diese Gesprächszettel aufgehoben, dreimal wird auf ihnen Bismarck erwähnt, immer im Zusammenhang mit seinem Leibarzt Schweninger:

Sie haben von Schweninger, dem Arzt Bismarcks, nichts gehört? Er stand zwischen Schulmedizin und ganz selbständig gefundener Naturheilkunde, ein großer Mann, der es mit Bismarck sehr schwer hatte, weil er ein großartiger Fresser und Säufer war.

Bismarck hat auch einen eigenen Arzt gehabt, auch geplagt.

Der Arzt war auch ein großer Mann.

Schweninger war nicht nur Leibarzt von Bismarck und Cosima Wagner, er behandelte darüber hinaus den wichtigeren Teil der oberen Gesellschaft des Kaiserreichs, das heißt, ließ behandeln, die schwierigsten Patienten bekam Groddeck, sein Assistent. Als Groddeck sein eigenes Sanatorium in Baden-Baden aufmachte, nahm er einen Teil der Kundschaft mit, den anderen Teil überwies ihm Schweninger.

Kafkas Ansichtskarte an Felice Bauer stammt vom 3. Mai 1915. Es wäre Zeit genug gewesen, sich an Schweninger zu wenden. Schweninger starb im Januar, Kafka im Juni 1924. Schweninger hätte den Patienten Kafka, da habe ich keinen Zweifel, an Groddeck überwiesen. Kafka war nah dran, Patient in Groddecks Sanatorium zu werden! Als er es wagt, sich mit Bismarck zu vergleichen, Bismarck und er als Patienten, die ihren Arzt plagen, ist es freilich zu spät.

Kafka hatte Probleme mit dem Essen. Er mochte vieles nicht, vor Fleisch ekelte er sich. Die gemeinsamen Mahlzeiten der Familie Kafka waren Franz ein Greuel. Er wehrte sich und schrieb die Erzählung *Der Hungerkünstler,* in der die letzten Worte des Hungerkünstlers (gehaucht, ins Ohr des Aufsehers) dem Motiv seines Hungerns gewidmet sind. *»Weil ich«, sagte der Hungerkünstler, hob das Köpfchen ein wenig und sprach mit wie zum Kuss gespitzten Lippen gerade in das Ohr des Aufsehers hinein, damit nichts verlorenginge, »weil ich nicht die Speise finden konnte, die mir schmeckt. Hätte ich sie gefunden, glaube mir, ich hätte kein Aufsehen gemacht und mich vollgegessen wie du und alle.«* Wir wissen nicht, wie Mutter Kafka die Erzählung aufnahm, fest steht, sie sah keine Veranlassung, ihren Speisezettel zu ändern. Prager Küche um 1900, das konnte nicht gutgehen. Diese Kohlknödel und Krautkugeln, dieses Geselchte von Pute und Gans, diese Goldene Suppe, Patioka, Karpfen jüdisch mit Rosinen in Natursoße, Heringshackbraten mit gesäuertem Rote-Rüben-Salat, Tscholent und Tschorba, Kreplech (Öhrchen) und Latkes aus Matze, Gulasch aus Geflügelinnereien, Faferlwürstchen! Und diese großzügig austeilende Mutter und dieser herzhaft zugreifende Vater und die mit der Küche einverstandenen Schwestern. Und der Geruch, dieser Prager Geruch nach Tierfleisch und stundenlang geschmurgeltem Kraut!

Kafkas Gegenmaßnahmen hatten groddecksches Format. *Kauen, kauen, kauen!,* lautete die Anweisung in Groddecks Sanatorium, *Wenn das Ich schlappmacht, ist das Es dran. Erst wenn das Es kaut, kommt die Nahrung voran!* Kafka kam mit seinem *Es* nicht klar, sein *Ich* musste alles alleine machen. Kafka kaute und kaute, auch die Suppe. Er hatte das Buch des Amerikaners Horace Fletcher verinnerlicht, in dem sehr frei nach Groddeck alle Erkrankungen des Rachens, der Speiseröhre, der inneren Organe auf ungenügendes Kauen zurückgeführt wurden. Nicht nur zweiunddreißigmal jeden Bissen kauen, für jeden Zahn einmal, sondern für jeden Zahn dreimal, also sechsundneunzigmal jeden Bissen kauen. Dieses sechsundneunzigmalige Kauen eines Bissens nannte man, nach seinem Erfinder Fletcher, der auch Pionier in der Entwicklung des Kaugummis war, *fletchern*. Kafka *fletcherte* jeden Bissen!

Vater Kafka konnte den Anblick seines *fletchernden* Sohnes nicht ertragen. Er schirmte ihn während der gemeinsamen Mahlzeiten mit einer in die Höhe gehaltenen Seite des *Prager Tagblatts* ab.

Stellen Sie sich vor: Abendessen bei Kafkas. Der Vater mit der hochgehaltenen Zeitung den *fletchernden* Sohn abdeckend. Die Mutter hat dem Vater das Fleisch und Gemüse vorgeschnitten, damit er alles einhändig essen kann, die andere Hand braucht er ja für die Zeitung. Und daneben der Sohn, Franz Kafka, der seine Hände selten braucht, nur alle drei bis fünf Minuten führt er einen Bissen zum Mund, dann *fletchert* er, sechsundneunzigmal …

Was an Kafka gesund blieb, waren die Zähne. Daher besondere Empfindlichkeit für den mangelhaften Zustand fremder. Für Kafka waren die Zähne Ideen, ein Lebensvorrat. Sollten Ideen bis zur Handlungsfähigkeit reifen, bedurfte es intakter Zähne. Im Gebiss manifestierte sich für Kafka die Freiheit des Menschen, die Freude am Leben erwuchs in den Zähnen. Die seiner Verlobten Felice

Bauer waren ein Quell des Unheils. Dauernd hatte sie Zahnschmerzen. Nichts war Kafka widerlicher als Menschen mit Zahnschmerzen. Die Zahnschmerzen seiner Verlobten zerstörten Kafkas Ideen vom Zusammenleben so nachhaltig, dass es zur Entlobung kam, und erst als Felice Bauer ein neues Gebiss hatte, konnten sie sich erneut verloben und ernsthaft eine Heirat planen. Das Gebiss von Felice Bauer war aus Gold. Wenn Kafka, der ja trunken nach Küssen war, seine neuerliche Verlobte küssen wollte, *hilflos vor Liebe,* musste er erst einen Tresor öffnen.

Ach, wir hätten Groddeck Kafka gegönnt, Kafka Groddeck. Wie innerlich nah Kafka Groddeck war, zeigt sein Gesang der Kinder aus *Ein Landarzt:*

> *Freuet euch, ihr Patienten,*
> *Der Arzt ist euch ins Bett gelegt!*

MANN OHNE GESICHT

Krebsstation

Er wird die nächsten Tage sterben, so viel ist sicher.
Regt sich aber noch mächtig über den Bundesprä-
sidenten auf. Jetzt muss er aber die Eier zeigen, sagt
er mit Nachdruck. Seine Frau mag nicht fragen, was
er damit meint. Ihre Haltung zu diesem Präsidenten
ist eh klar, sie ist seit fünfzig Jahren in der SPD. Ihr
Mann war in keiner Partei. Was will er denn damit
sagen, Eier zeigen? Wie redet er überhaupt mit ihr.
Sie sitzt seit Tagen an seinem Sterbelager. Er kennt
doch meine Haltung, will er etwa den Präsidenten
ermuntern, seinen Widersachern in den Hintern zu
treten? Erwartungsgemäß stirbt ihr Mann, und der
Bundespräsident tritt zurück. Aber sie hat keine
Ruhe. Die Eier zeigen! Der Alte, ihr Mann, was
sollte das mit den Eiern?

Butterbrot Mutterbrot

Wenn der Dieter und der Horst draußen spielten und der Dieter Hunger bekam, und er bekam oft Hunger, weil er einen Bandwurm hatte, der ihm die Hälfte von allem wegfraß, lief er ins Haus und ließ sich ein Butterbrot machen mit Wurst drauf. Wurst, immer Wurst, Wurst vom Schwein, weil die Eltern von Dieter ein Schwein hatten. Vom Schwein hatte Dieter auch den Bandwurm. Einmal hatte der Dieter beim Scheißen den Horst gerufen, um ihm seinen Bandwurm zu zeigen, der hing nämlich raus, aus dem Poloch. Kannze ihn sehn? Der Horst sah ihn, ein dünner Faden, der sich hin- und herwand. Und der Dieter hatte den Horst gebeten, ihn vom Bandwurm zu befreien, und der Horst versuchte, den Bandwurm zu fassen, was schwierig war, weil der Bandwurm wand sich hin und her, aber dann doch gelang, und Horst zog so kräftig, wie er konnte, hatte den Bandwurm auch draußen, aber nur ein Stück. Der Rest blieb im Dieter und hatte immer Hunger. Wenn der Dieter ins Haus lief und sich ein Schnittchen mit Wurst holte, rief der Horst zum Fenster in der oberen Wohnung, Mutti, Mutti, und seine Mutter machte das Fenster auf und rief, Wat willze, und der Horst rief, Kannze mir ein Bütterken machen. Und die Mutter vom Horst schnitt eine Scheibe vom Kommissbrot und schmierte dick von der guten Hohmann, die mit dem Butterfass, drauf, streute Zucker, viel Zucker auf die gute Hohmann, drückte mit dem Kartoffelstampfer zart den Zucker in die Margarine, legte noch eine Scheibe Brot darüber, wickelte das Ganze in ein Zeitungspapier, klemmte ein Gummiband drum und warf es aus dem Fenster, dem Horst in die Arme, wenn nicht in den Johannisbeerstrauch.

Duftkissen

Heute bei Licht & Hoffnung. Alter Mann hat eine Tasche voll mit kleinen Duftkissen gefunden, sehr günstig. Brauch ich wegen der Kakalachen oder wie die Russen heißen, sagt er zur Frau, die das Geld nimmt.

Auf Minderheiten rumschimpfen duld ich hier nicht, sagt sie.

Der Mann grummelt was von war ja so nicht gemeint.

O doch, sagt sie und nennt den Preis für die Duftkissen.

Da hinten stand's aber billiger, sagt er.

Der Preis stank zum Himmel, sagt sie, jetzt duftet er richtig.

Der Designer

Er mag Frauen, nicht nur dienstlich, auch so. Sie sollten aber nicht nackt sein. Nackte mag er nicht. Er wirft seiner Besucherin, die sich in diesen Zustand hoffnungsvoll begeben hat, Kleidungsstücke zu, sorgfältig ausgewählte und bereits sortierte Wäsche, Blusen, Jacken, Röcke … Zieh dich an, sagt er, mich erregt nichts Nacktes, ich bin Designer. Er ruht nicht eher, bis sie alles an- und übergezogen hat und zu einer Kleiderkugel aufgequollen ist. Dann rollt er die Frau eine Weile durchs Zimmer, dabei entspannt er sich.

Mrs. Davis

Ein Stern fiel vom Himmel in die badische Gastronomie. Eine reiche Amerikanerin, Tochter eines Berliner Bäckers, Witwe eines reichen Weltreisenden und Geheimagenten, siedelte nach Baden-Baden und gefiel sich als Gastgeberin opulenter Essen in Spitzenlokalen. Gestern durfte ich dabei sein. Schloss Neuweier. Wir wurden in einem englischen Taxi abgeholt, sehr bequemes Ein- und Aussteigen. Über eine mit Fackeln beleuchtete Brücke – Schnee, Naturschnee lag auf dem Geländer – gingen wir in das Schloss, das nur uns erwartete. Es war Montag, wir blieben ganz unter uns und bekamen das Schlossmenü ›Vier Jahreszeiten‹ … Ein kleiner Tintenfisch lag neben einem geröteten Schäumchen aus Hummer und Kartoffeln, ein Fingerhut aus dünnem Teig enthielt eine zarte Linsensuppe, ein Stück Seeteufel war in ein Netz aus Tang und Spinat gefesselt … Kaum nahm ich einen Schluck Riesling vom Mauerberg aus meinem Glas, nahte eine schwarze Schlossfee und schenkte mir nach.

So ging das weiter, bis ich betrunken war. Es gab aber immer noch einen Gang. Dann wieder das englische Taxi. Ich konnte den Hut beim Einsteigen aufbehalten. Und zurück über den Berg nach Baden-Baden. Der Mond schien in den durch Lothar gelichteten Wald. Schnee bis in die unteren Etagen. Wie schön das war. Vielen Dank, Mrs. Davis.

Ach ja, es war Fastenzeit. In meiner Kirche nebenan wird das sehr ernst genommen. Vielleicht waren wir ja auch deswegen die einzigen Gäste im Schloss.

Der Maler Alfonso war auch dabei. Er erzählt gerne unerhörte Begebenheiten aus vielen Ländern, er ist ja selbst ein Weltreisender. Ich weiß das ganz bald nicht mehr auseinanderzuhalten, vor allem nach all dem Wein, wo er noch mal den Mann mit dem Henkel an der Backe getroffen hat, in Persien, Indien oder Korea, oder die Maus, die mit der Schnauze seine Bilder fertigmalte und mit dem Schwanz den Preis darunterschrieb, war's in Namibia oder Sempach? Aber erzählen kann er.

Regula hatte ein gelbes T-Shirt an, Mrs. Davis einen schwarzen Anzug mit einer schönen Brosche, ein Labyrinth darstellend, Birgit hatte rote Haare. Petra Rosengarten hatte Hunger. Fritz sah aus wie ein sizilianischer Landedelmann.

Der Füttlisberger

Eine Hochzeitsreise ist ein guter Anlass, sich als umsichtige Hausfrau einzuführen. Hélène sammelt alle Käse von der gewesenen Hochzeitstafel ein und nimmt sie mit auf Tour. Darunter den von ihr geschätzten Füttlisberger. Zuerst lernt Botho, ihr Mann, an der Rezeption zu sagen, Ohne Frühstück, bitte. Denn das gibt es aus dem Wagen, wie auch die anderen Mahlzeiten. Botho toleriert Käse durchaus. Noch. Schon vor der Hochzeit haben sie zwei- oder dreimal zusammen Käse gegessen. Jetzt macht der Geruch, der Geruch vor allem des Füttlisbergers, Botho zu schaffen. Er versucht mit einigen Gewaltportionen, den Füttlisberger verschwinden zu lassen. Vergeblich. Es bleibt einiger übrig. Außerdem ist ihm schlecht geworden. Schon in der vierten Nacht hat er Schwierigkeiten, ordentlich mit Hélène zu verkehren. Es liegt am Geruch. Am nächsten Tag gelingt es ihm, nach dem Abendpicknick im Angesicht des Berninas, ein plötzlich aufkommendes Gewitter nutzend, die ängstliche Hélène zum Auto zu schleusen, ohne die Decke mit den Picknicksachen mitzunehmen. Er rast mit seiner Braut nach Chiavenna hinunter, und erst in Mailand, weil Hélène ein Stückchen Käse mit ins Hotelzimmer nehmen will, fliegt sein Verbrechen auf. Hélène ist nicht *amused*. Vermisst hatte sie den Käse bis dahin nicht, weil im Auto sein Geruch unvermindert weste.

Am nächsten Morgen geht Hélène auf den Markt, um Käse zu kaufen. Botho säubert inzwischen wie besessen das Auto.

In Rom gelingt es Hélène, einen echten Füttlisberger aufzutreiben.

In Neapel kommt Botho von der Straße ab, das Auto überschlägt sich, großer Schaden, Hélène und Botho sind den Umständen entsprechend nur angeschrammt.

Sie treten die Rückreise mit dem Flugzeug an. In Bothos Magen hat sich eine irreparable Magenempfindlichkeit angesiedelt, die Schwindel, Herzflattern und kaffeesatzartiges Erbrechen bewirken kann.

Dreißig Jahre später, Botho ist längst Witwer, nimmt seine neue Frau nach der Hochzeitsfeier die Reste von der Tafel mit, Paté, Burgunderschinken, Käse auch, darunter ein noch nicht einmal angeschnittener Füttlisberger. Sie begeben sich auf die Hochzeitsreise, kommen aber nicht weit. Am

Vierwaldstättersee erfasst Botho ein Schwindel, das Auto kommt von der Straße ab, stürzt einen Abhang hinunter und versinkt im See.

Der Ohrfeiger

Er war arbeitsloser Lehrer aus St. Bernhard, wohnte außerhalb des Ortes in einem ehemaligen Bauernhaus, auch die anderen Bewohner gehörten da eigentlich nicht hin. Ortsfremde Arbeitslose, vom Sozialamt einquartiert. Der arbeitslose Lehrer trat im Februar in die SPD ein, war im April bereits Kandidat für den Kreistag, im Mai ohrfeigte er den Kanzler bei einem Fest für Neumitglieder der SPD in Mannheim, wurde im Juni aus der SPD ausgeschlossen, trat in eine rechtsgerichtete Partei ein, wurde im August ihr Kandidat für die Bundestagswahl. Im Bundestag macht er gute Figur. Jetzt fragen sich die restlichen Arbeitslosen aus St. Bernhard, sollen wir es machen wie der arbeitslose Lehrer, Parteieintritt, Kandidatur für Kreis, Land oder Europa, Karriere und Klappe halten, oder gleich Kanzlerin ohrfeigen und damit Karriere machen.

Kakerlaken

Ich ging in den Keller, weil mal wieder das Wasser ausgefallen war und ich nachschauen wollte, ob es da unten eine Betriebsstörung gegeben hatte. Es roch eigenartig, und zwei unförmige Menschen mit prallen Aktentaschen liefen da herum, einer hatte eine dicke Spritze, wie ich sie von Tierärzten kenne, in der Hand. Es waren Kakerlaken-Bekämpfer, beauftragt von der Stadt, in dem Haus, das früher als Badehaus gedient hatte, die Kakerlaken auszurotten. Ich hab nichts gegen Kakerlaken, sagte ich, aber der Gestank von Ihrem Gift missfällt mir. Unser Mittel riecht nicht, sagte darauf der eine Ballonmensch mit einer so zarten Stimme, wie sie nur eine Frau haben kann. Ich schaute näher hin, ja, möglich war's. Hier, riechen Sie selbst, sagte sie und hielt mir die Spritze hin. Es roch wie etwas aus der Kindheit, Rübenkraut oder Knochenleim. Sehen Sie, sagte der dicke Begleiter der dicken Frau, es riecht nicht. Es riecht wie in der Kindheit, sagte ich. Das Mittel ist alt, sagte der dicke Mann, völlig harmlos – für Menschen. Wir haben aber nie Kakerlaken bekämpft, sagte ich, Kakerlaken waren uns heilige Tiere. Na, hören Sie mal, sagte die Frau, Kakerlaken können viel Ärger machen. Bei uns war man der Ansicht, dass Kakerlaken auf Wärme und Nahrung hinweisen, sagte ich, und Nahrung war Mangelware, und Wärme hätten wir gerne gehabt, deswegen waren Kakerlaken Zeugen einer erwünschten Kultur. Sie schauten mich ratlos an, die Frau hob die Spritze und roch daran. Ich konnte jetzt schlecht sagen, Einen schönen Tag noch, oder, Weitermachen. Das Mittel ist schon in Ordnung, sagte ich, riecht wie 'n Butterbrot mit Rübenkraut, das man in der Werkstatt eines Schusters isst, gehn Sie nur sparsam damit um.

Schnee

Über ihn kann ich heute nicht klagen. Unter meinen Schritten wich er zwar knirschend, ich nahm es nicht übel. Dann warf er mich in seiner Eigenschaft als Gleiter auf den Hintern. Ließ ich mir die Freude an seinem Dasein dadurch verderben? Nein, ich machte mich gedanklich daran, jetzt auch Respekt vor ihm zu haben. So ging ich dahin, mit Respekt vor dem Schnee. Langsam, sehr langsam. Das war im Wald unterm Battert. Es war Montag. Rosenmontag. Im Wald war kein Mensch. Dann doch plötzlich zwei. Sie erschraken vor mir wie zwei Waldtiere, die Respekt vor dem Menschen haben und sich vor ihm davonmachen, holterdiepolter. Die zwei Menschen beruhigten sich wohl, denn sie grüßten artig. Ich sagte, Guten Tag. Weil die anderen Menschen alle beim Rosenmontagszug zu tun hatten, mochten sie mich für einen strengen Beobachter halten, was ich ja auch war. Ich guckte mir alles genau an, vor allem den verschneiten Weg vor meinen Füßen. Als ich an die Kartoffelsuppe dachte, die zu Hause auf mich wartete, drehte ich mich um und ging schnell zurück. Ich guckte jetzt nicht mehr nach unten, sondern geradeaus. Manchmal rutschte mein linker Fuß nach rechts oder weiter nach links, oder der rechte Fuß nach weiter rechts oder vorn. Im Nu war ich zu Hause. Der Schnee war mir völlig gleichgültig geworden. Nicht, dass meine Gedanken nur noch bei der Kartoffelsuppe geweilt hätten, sie dachten auch Allgemeines, Weltformel Harmonie und dergleichen.

Nicht bei Jaffé

Jung, Carl Gustav. Psychiater und Psychologe, 1875–1961. E. Br. M. U. Küsnacht, 11.7.1928. 2 S. quer-8 Oktav. sFr. 3000.–

An einen Patienten. – Jung analysiert zuerst einen Traum der Ehefrau und befasst sich dann mit dem Vaterkomplex des Adressaten: »... wenn es Ihnen gelingt, eine ungestörte Beziehung zu Ihrem Vater herzustellen, dann haben Sie eine tötliche *(sic)* Gefahr vermieden. Wenn Sie es vermeiden können ... im Umgang mit Ihrer Familie infantil zu werden, so haben Sie gewonnen ...« – *Jungs Ratschläge scheinen den Analysanden nicht sonderlich froh zu stimmen, denn er streicht dessen Unterschrift mit einem kräftigen* »merde« *durch. (Nicht bei Jaffé)*

Mösengespräch

im Radio mit Frau Schwarzer und Frau Hamburg.
Redakteur am Mikrophon Herr Hübsch. Wie solln
wir das da unten nennen, Vagina, Vulva? Vagina ist
innen, Vulva außen, aus Kreisen sexuell Emanzi-
pierter kommt der Vorschlag Vulvagina. Ob sich
das durchsetzt? Nun sagen Sie mal, Herr Hübsch,
wie würden Sie's denn nennen. Untenrum, sagt
Herr Hübsch, wir haben das Untenrum genannt,
früher. Beim Fummeln, beim Waschen – immer
untenrum.

Mann ohne Gesicht

Es gab Menschen, die Zahlen glichen. Entweder im Ganzen, als 1 zum Beispiel, oder im Detail, diese stark taillierte Dame da, eine 8. Er hatte viel Zeit für seine Zahlen. Die Systemwetten der Wettgemeinschaft wurden jeden Monat neu bestimmt, aber es gab auch Freunde, die ihren Zahlen treu blieben. Er hatte auch seine wiederkehrenden Zahlen, Geburtstage, seinen, den seiner Frau Else und den von Emil, ihrem Enkel. Drei Spontanwetten leistete er sich jede Woche zusätzlich, nach den Besuchern der Ausstellung. Hier eine 2: die junge Dame, die bei der Kleinplastik stand, sie kniete beinah vor der, ein Apfel sollte das wohl sein, groß wie ein Kürbis, aus glänzendem Aluminium. Jetzt kam ihre Begleiterin dazu, 22: zwei Kunstanhimmelnde. 15: ein dünner Mann mit einer Frau, die ein dickes Hinterteil hatte. Die waren gleich nach der Öffnung da gewesen und längst wieder gegangen, Russen wahrscheinlich, wegen der Kleidung. Die Frau mit Stöckelschuhen und Pelzjacke, er im Jogginganzug. Viele kamen aus Versehen rein, weil das Alte Brunnenhaus sie neugierig machte, und waren dann enttäuscht, eine

Ausstellung zeitgenössischer Kunst vorzufinden. Doch benutzten sie die Toilette.

Er vertrieb sich bloß die Zeit, ohne dass dadurch seine Aufmerksamkeit nachließ. Im Gegenteil. Die passenden Zahlen für die Besucher zu finden machte nur besseres Aufpassen. Da stieß einer beinahe seine Nase in ein Bild, dass er ihn schon ermahnen wollte, Bitte nicht berühren. Eine 7.

Die Öffnungszeiten waren von 15 bis 18 Uhr, Montag war frei. Alle Kunstgalerien, wenn sie behördlich sind, haben montags zu. Er wusste nicht, warum. Er hätte auch montags gern Aufsicht gehabt. Wegen des Enkels. Bezahlt wurde er nach Stunden. Es kam auf das Konto für Emil. Emil sollte später nicht Bilder und Kleinplastiken bewachen müssen.

Er füllte Lottoscheine aus, jeden Tag. Die Wettgemeinschaft hatte 14 Mitglieder, jedes war mit wöchentlich 25 Scheinen dabei. Sie gewannen regelmäßig. Einmal sogar 12 500 Euro, meist jedoch 50 bis 200, dreimal im Monat bestimmt. Aber irgendwann würden 6 Richtige kommen, geteilt durch 14 immer noch ein dicker Batzen.

Emil würde alles bekommen. Emil war jetzt sechs. Später sollte er auf die höhere Schule kommen. Emil war schlau.

Ein Mann betrat das Alte Brunnenhaus. Den kannte er doch. Der war vom Rathaus. Feiner Pinkel, sitzt den ganzen Tag im Büro, hat eine rapsgelbe Krawatte um und trägt einen Anzug gewiss nicht von der Stange. Grüßt nicht mal. Rauscht im Amtsschritt durch den Vorraum gleich in den Marmorsaal. Wichtig, wichtig. Der trug den Kopf so hoch, dass ihm gleich der Kragen zu krachen drohte. Ein Kopfhochträger: 9. Er kreuzte die 9 an und blickte auf, um dem Wichtigtuer noch die Chance zu geben, beim Rausgehen zu grüßen. Aber Herr Wichtig beachtete ihn auch jetzt nicht. Eilte stur dem Ausgang zu. Und hatte ein Bild unterm Arm! Ja, was war das?

Er sprang auf und versperrte dem Mann den Weg. »Ein Bild rausschaffe, das geht hier nidde, auch wenn Sie vom Rathaus sin!«

Der Mann starrte ihn verblüfft an.

Kulturbürgermeister Wenner, Sozialdemokrat, erwartete heute die Ankaufskommission. Er wusste schon, was die anzukaufen vorschlagen wollten. Das Werk eines Altmeisters der Moderne, in verhaltener Abstraktion gemalter Dialog von roten und schwarzen Kreisen in einem wie in die Luft geworfenen Netz. Kein schlechtes Bild, aber bei ihnen fehl am Platze, nach seiner Meinung, wenn auch der Künstler angeblich das Bild in ihrer Stadt gemalt hatte, als er in den fünfziger Jahren einmal zur Kur war. Ansonsten kein entscheidender Werkbeitrag für ihre Gegend. Nicht geeignet für die städtische Kunstsammlung, die vornehmlich Künstler aus der Region präsentierte. Bei Schenkungen machte man naturgemäß Ausnahmen. Dieses Bild sollte aber angekauft werden. Es würde den halben Etat kosten. Kam hinzu, dass der Künstler schon Jahrzehnte auf einer griechischen Insel lebte. Das war auch schlecht vermittelbar: Viel Geld für ein Bild, um dem Künstler ein luxuriöses Leben in Griechenland zu ermöglichen. Dazu war er bekennender Konservativer. Die großen Zeitschriften brachten gern Interviews mit ihm, in denen er auf widerwärtige Weise gegen allen sozialen Fortschritt polemisierte.

Die Anhörung der Kommission war am Nachmittag, Wenner war sicher, dass sie für den Dialog der roten und schwarzen Kreise plädieren würde. In der Regel folgte er ihrer Empfehlung, schon aus politischen Gründen. In der Ankaufskommission waren auch zwei Mitglieder der SPD. Die Oberbürgermeisterin hatte zwar ein Vetorecht, aber bisher keinen Gebrauch davon gemacht. Kunstankäufe waren immer heikel. Lieblingsthema der Lokalzeitungen. Über nichts konnten sie ihre Kunden so

einfach zu leidenschaftlichen Leserbriefen heraus-
fordern wie über Kunstfragen. Da meinte jeder, zuständig zu sein. Den meisten schien die Beurteilung
eines Kunstwerks eine Geschmacksfrage zu sein,
und weil ein jeder schließlich über Geschmack zu
verfügen meinte, war es auch jedem ein Bedürfnis,
für dessen öffentliche Anerkennung zu sorgen.

Wenners Position war klar. Da Kunst letzten En-
des keiner endgültig beurteilen konnte – was Kunst
ist, kann doch nur Kunst entscheiden, nicht die
Ankaufskommission –, setzte er sich für Kunst ein,
die aus der Regio kam und die in die Regio passte.
Kunst, die verstanden werden wollte und die von
den Leuten auch verstanden wurde. Die moderne
Kunst demonstrierte doch nur ihre Orientierungs-
losigkeit, und er war nicht bereit, sich an den Aus-
legungsdiskussionen zu beteiligen. Den Dialog mit
roten und schwarzen Kreisen sollten die anderen
führen, sein Dialog war der zwischen vernünftigen
Ansichten und politischer Verantwortung.

Ihm war bei der Jahresausstellung des Regio-
Kunstvereins im Alten Brunnenhaus das Bild des
ortsansässigen jungen Malers Winkler aufgefallen,
das als Musterbeispiel seiner Kunstauffassung
dienen konnte. Er würde es der Kommission prä-
sentieren und anstelle des Dialogs der roten und
schwarzen Kreise zum Ankauf empfehlen. Eigent-

lich müsste er damit durchkommen, seine Parteifreunde würden ihm sicher zustimmen, die anderen
müssten allein des weitaus günstigeren Preises wegen nachgeben. Das Bild, das er für den Termin nun
aus der Ausstellung holen wollte, hatte wenigstens
eine nachvollziehbare Aussage. Popkram, serielles
Einerlei und Farbfeldmalerei hatten sie schon zu-
hauf in der städtischen Sammlung. Hauptsächlich
angeschafft aus Angst, nicht modern genug zu sein.
Er hatte sich früher auch kein Urteil angemaßt und
war gern den Empfehlungen gefolgt. Jetzt war es
ihm ein Anliegen, im Sinne seiner sozialdemokra-
tischen Kulturpolitik hier aktiv zu werden.

Als er das Alte Brunnenhaus betrat, sah er den
Wärter am Ende des Flurs über den Tisch gebeugt
sitzen, in der Haltung eines mühsam etwas Entzif-
fernden, wahrscheinlich löste er ein Kreuzwort-
rätsel. Der Mann strahlte für ihn das Basisdumpfe
aus, eine in sich ruhende Selbstzufriedenheit bei
bequemer Sitzhaltung. Ein Rentner wahrscheinlich, der hier seine Fernsehbierabende ausdünstete.
Ein Mann, der sein Leben lang das Kreuz an der
falschen Stelle gemacht hatte.

Man sollte da einen frischen Mann hinsetzen
oder eine ansprechende Frau mit Kunstinteresse,
die auch Auskunft zu geben in der Lage wären.
Nicht so einen Bürzel.

Wenner ging durch den Vorraum in den Marmorsaal und löste das Bild aus der Verankerung.

Das nur taschentuchgroße Bild zeigte einen Mann ohne Gesicht, der sich aus einer Schrebergartensiedlung schleicht. Das flächige Oval des Kopfes in Farben, wie sie in einem richtigen Gesicht nicht vorkommen, ineinanderfließendes Rot, Schwarz und Gold. Der Kopf als eine aufgehende Sonne. Ein Mann, der sich aus seiner kleinbürgerlichen Umgebung löst und dem Morgenrot entgegenschreitet. Ein Mann, der eine Vision hat. Ein Mann geht seinen Weg. Und all das nicht in der Tradition eines kritischen Realismus, sondern in einer offenen Form, die die Phantasie des Betrachters anregte. Ein Bild, das die Vorstellungskraft des Betrachters erst vollendete.

Mann ohne Gesicht hieß das Bild. Das fand Wenner nicht so gut. Er würde seinen Einwand der Kommission nicht verschweigen. Mann mit werdendem Gesicht müsste es eigentlich heißen, würde er sagen. Der junge Künstler würde dem bestimmt zustimmen, wenn sein Bild angekauft würde.

Wenner klemmte sich das Bild vorsichtig unter den Arm und ging zum Ausgang. Im Vorraum sah er den alten Wärter plötzlich aufspringen, erstaunlich behende zur Tür rennen und ihm den Weg versperren. »Ein Bild rausschaffe, das geht hier nidde, auch wenn Sie vom Rathaus sin!« Wenner blieb verblüfft stehen. Der alte Mann breitete beide Arme aus. »Ich hab hier Verantwortung!«, schrie der Alte.

Wie ein Hitlerjunge, dachte Wenner. Ein alter, frecher Hitlerjunge.

»Ich hole die Polizei«, drohte der Alte und versuchte, ihm das Bild zu entreißen. »Ja wissen Sie nicht, wer ich bin?«, fragte Wenner. »Sie könne dreimal vom Rathaus sin«, schrie der Wärter erregt, »hier drinne hab ich Verantwortung!« Und griff mit beiden Händen nach dem Bild.

Der Kulturbürgermeister musste den Alten mit dem freien Arm zurückdrängen, sonst hätte der den Rahmen gepackt und womöglich das Bild beschädigt. Der Alte taumelte zwei kleine tapsige Schritte zurück, es sah aus, als ob er das Gleichgewicht verlieren würde, er fasste sich aber und drang wieder gegen Wenner vor: »Das Bild her!«

Wenner wurde entschieden. »Ich bin Kulturbürgermeister, auch Ihr Vorgesetzter, verdammt noch mal«, herrschte er den Wärter an, der sich davon nicht beeindrucken ließ.

»Dafür bin ich nicht da, dass hier Bilder wegkommen«, schimpfte er und grapschte wieder nach dem Bild.

»Sie sind ja wahnsinnig, Mann«, sagte Wenner.

Der Wärter war nicht zurechnungsfähig, das war offensichtlich. Wenner stieß ihm mit aller Kraft den Ellenbogen vor die Brust, riss die Tür auf und ging.

Selbach meinte, keine Luft mehr zu bekommen. Wie das in der Brust brannte. Er krümmte sich vor Schmerzen. Und in seinem Kopf war ein Aufruhr, Rachegedanken jagten einander und überschrien sich. Vor Empörung war ihm ganz wirr. Er musste einen klaren Kopf behalten, um das Richtige tun zu können. Da stand das Telefon. Er hatte es noch nie benutzt. Es hatte nur einen Knopf für die Verbindung zum Kulturamt, das die Städtische Galerie im Alten Brunnenhaus verwaltete. Als sich die Kulturamtsleiterin meldete, rief Selbach ohne Gruß und ohne weitere Einleitung: »Man hat ein Bild geklaut, ich verlange eine Entschuldigung!« Und die Worte über das Geschehnis entströmten ihm rasend, als wollte das zuletzt gesprochene Wort das vorher gesagte überholen. Als der Dieb sich mit dem Bild davonmachen wollte und er das zu verhindern versucht habe, sei er von diesem Kulturbürgermeister beleidigt und geschlagen worden: »Der soll sich entschuldigen, sonst geh ich.«

Die Kulturamtsleiterin sagte nichts. Ob sie noch am Apparat sei? »Ja, ja«, sagte sie. »Dann tun Sie was«, rief Selbach, »holen Sie die Polizei!« Er möge

sich beruhigen, sagte die Kulturamtsleiterin, sie
käme gleich mal bei ihm vorbei.

Selbach konnte sich nicht beruhigen. Es war uner-
hört, was ihm geschehen war. Noch vor wenigen
Minuten hatte er ruhig über seinen Zahlen gesessen,
ohne sein Wächteramt zu vernachlässigen, dann war
das Unheil über ihn hereingebrochen. Er ging in den
Marmorsaal, um die leere Stelle an der Wand zu sehen. Da hing das Schild mit dem Namen des Künstlers, Bernd Winkler, und dem Titel des Bildes, *Mann
ohne Gesicht*. Letzten Sonntag waren die Winklers,
die Eltern des Künstlers, mit Freunden da gewesen
und hatten lange vor dem Bild gestanden. Die
Freunde der Winklers hatten wissen wollen, was das
Bild kostet, und Selbach hatte ihnen die Preisliste in
den Marmorsaal gebracht. Er hatte mit den Preisen
nichts zu tun, wer ein Bild kaufen wollte, musste
sich an die Kulturamtsleiterin wenden. Auf dem Bild
waren Gartenhäuschen zu sehen, und ein Mann stand
davor, der keine Augen hatte, keine Nase, nichts im
Gesicht, nur bunte Farben. Es hatte ihm nicht gefallen. Warum malte der Winkler ein Gesicht ohne alles? Malen hätte er's doch können, das sah man an
den Bretterhäuschen in den Gärten, die waren richtig gemalt. Er war eine Weile an der Tür zum Marmorsaal stehen geblieben und hatte zugehört, wie

die Frau Winkler ihren Freunden erzählte, dass der Mann ohne Gesicht ihr Vater sei, der Großvater von Bernd, ihrem Sohn, dem Maler. Der Bernd sei als Kind immer mit dem Großvater in die Schrebergartenkolonie gegangen. Der Großvater sei ein leidenschaftlicher Gärtner gewesen und hätte seinem Enkel die Pflanzen erklärt und ihre Pflege, und der Bernd habe sich sehr wohl gefühlt in dem Gärtchen. Ihr Vater sei ja leider gestorben, als der Bernd noch keine fünf war, und als der Bernd Maler an der Akademie geworden sei, wollte er ein Bild malen von seinem Großvater in dem Garten, hätte sich aber nicht mehr an sein Gesicht erinnern können. Und von einem Foto hätte er es nicht abmalen wollen. Deswegen hätte der Großvater kein Gesicht, das Bild drücke den Schmerz über das Sich-nicht-an-das-Gesicht-des-Großvaters-erinnern-Können aus.

Das war Selbach schon merkwürdig vorgekommen, dass der Winkler lieber einen Großvater ohne Gesicht malt als mit einem Gesicht, das er leicht von einer Fotografie hätte abmalen können, wenn er es schon vergessen hat. Dem war der Ärger über seine Erinnerungsschwäche offenbar wichtiger als das richtige Gesicht seines Großvaters. Selbach musste an seinen Enkel denken. Würde Emil sich eines Tages auch nicht an sein Gesicht erinnern können?

Das Atmen fiel ihm schwer. Hoffentlich kam die Kulturamtsleiterin bald, damit sie seinen Schmerz erleben konnte. Er war noch so durcheinander, die Gedanken liefen in alle Richtungen. Rache wollte er nehmen und Genugtuung erfahren und eine ordentliche Entschuldigung bekommen, seine Schmerzen berechtigten ihn dazu. Er lief auf und ab und versuchte, seine Gedanken auf das Wesentliche zu konzentrieren. Aber was war das Wesentliche in diesem Unheil?

Er ging seine normale Museumswärterrunde, Vorraum, Marmorsaal und die Rotunde, wo die Kleinplastiken standen. Sonst drehte er seine Runde jede Stunde. Jetzt machte er sie aus Unruhe, sonst aus Pflichtbewusstsein. Er hatte diesmal den Eindruck, die Bilder würden seine Aufregung spüren und ihm hinterhersehen. Das war eine Einbildung, es konnte ja nicht sein. Aber trotzdem blieb er plötzlich stehen und blickte sich um. Nichts. Natürlich nichts.

Einmal bisher nur war einem Bild etwas passiert. Es war nicht seine Schuld. Aber Vorwürfe hatte er sich doch gemacht. Er hätte den Mann besser einschätzen müssen. Seitdem schaute er sich die Besucher noch genauer an. Waren es Bilderbeschauer oder Bilderzerstörer, Bilderfreunde oder Bilderfeinde. Damals hatte ein Besucher ein Bild aus dem

Fenster des Marmorsaals geworfen. Es war in den Hof gefallen. Das Glas war auf dem Pflaster zersplittert und der Rahmen geborsten. Dem Bild, einer farbigen Tuschezeichnung, war nichts geschehen. Ihm hatte das Bild auch nicht gefallen. Es war geschmacklos. Ein sittlich oder religiös empfindender Mensch konnte berechtigt empört sein. Ein deutscher Wehrmachtssoldat mit heruntergelassenen Hosen war da zu sehen, der sich erschrocken vom Klo erhoben hatte und auf eine blutende Wunde an seinem nackten Hintern starrte, die ihm von der Spitze des in die Kloschüssel hineingemalten Straßburger Münsters gepikst worden war. Wer auch immer das Bild aus dem Fenster geworfen hatte, Selbach hatte Verständnis für ihn. Seiner Frau, zum Beispiel, würde er nie zumuten, solch ein Bild anzusehen. Obwohl es die Kulturamtsleiterin wohl gut fand. Sonst hätte sie es ja nicht ausgestellt. Natürlich war das Bild lustig gemeint, und viele fanden es vermutlich lustig. Aber man konnte nicht alles lustig finden. Sonst könnte man ja auch die Amtsanmaßung des Kulturbürgermeisters lustig finden.

Als die Kulturamtsleiterin in das Alte Brunnenhaus aufbrechen wollte, kam ein Anruf vom Kulturbürgermeister, der ihr Vorwürfe machte, diesen Wärter angestellt zu haben. Einen basisdumpfen

Trottel nannte er ihn. Sie möge sich schnellstens nach einer Aufsichtsperson umsehen, die nicht so begriffsstutzig sei, über anständige Umgangsformen verfüge und zumindest ein Grundwissen über Kunst mitbringe. Als die Kulturamtsleiterin berichtete, Herr Selbach habe sie schon angerufen und in seinem aufgeregten und verwirrten Zustand seinerseits eine Entschuldigung vom Kulturbürgermeister verlangt, lachte Wenner auf. Sonst drohe er mit Kündigung, sagte die Kulturamtsleiterin. Die könne er haben, sagte Wenner. Sie möge dem Selbach mitteilen, seine Kündigung sei mit sofortiger Wirkung angenommen, basta.

Aber Selbach sei ein zuverlässiger Aufseher, der auch nebenbei noch so manches im Alten Brunnenhaus erledige, und so schnell könne sie keinen Ersatz finden, wandte die Kulturamtsleiterin ein. Dann eben zum Ende der Ausstellung, die sei ja wohl bald. Ja, Ende des Monats. Dann solle sie ihm zum Monatsende kündigen, basta. Er empfange gleich die Ankaufskommission und wolle mit der Angelegenheit Selbach nicht mehr behelligt werden.

Die Kulturamtsleiterin ging ins Alte Brunnenhaus und sagte zu Selbach, der Kulturbürgermeister habe seine Kündigung angenommen, sie würde zum Ende des Monats wirksam.

Selbach war sprachlos. Wieso Kündigung. Er

hatte doch nur gewollt, dass der Kulturbürgermeister sich entschuldigte. Dass er kündigen würde,
hatte er doch nur gesagt, um zu zeigen, wie wichtig
es für ihn war, dass der Mann sich bei ihm entschuldigte.

»Ich kann doch nicht zulassen, dass einer ein
Bild wegklaut«, sagte er.

»Stellen Sie keine falschen Behauptungen auf.
Hier wurde nicht geklaut. Bürgermeister Wenner
brauchte das Bild für eine Sitzung im Rathaus«,
sagte die Kulturamtsleiterin.

»Entschuldigen soll er sich«, sagte Selbach.

»Der Bürgermeister sieht keinen Grund, sich zu
entschuldigen«, sagte die Kulturamtsleiterin.

Selbach ging an seinen Tisch und setzte sich.
Was war denn nur geschehen, wie redete man mit
ihm? Ihm war ein Unrecht zugefügt worden, das
war doch sonnenklar, er hatte doch nur seine Pflicht
getan. Aufgepasst hatte er.

Kurz vor der Schließung der Galerie kam seine Frau,
um ihn abzuholen. Er sagte ihr erst mal nichts. Sie
hätte sonst ganz schnell eine Lösung an der Hand,
die mit dem Unglück gar nichts zu tun hätte. Nicht
umsonst war sie die kluge Else, wie die kluge Else
im Märchen, die die Qualen ihres Mannes gar nicht
begreifen konnte.

Nachdem er alle Fenster kontrolliert und die Lichter gelöscht hatte, aktivierte er die Sicherheitsanlage und schloss sorgsam die Tür ab.

Er sei so still, sagte seine Frau. Er sagte, er müsse etwas überlegen. Weil sie annahm, dass er über die Wettscheine grübelte, sagte sie, er solle die blöden Zahlen vergessen.

»Schau mal.« Sie wies auf ein Paar, das auf die Allee zuging. Etwa in ihrem Alter, sie hielten sich an der Hand. »Das möchte ich auch mal«, sagte sie und griff nach seiner Hand.

»Das sind Touristen«, sagte er und entzog sich ihr.

»Na und«, sagte sie, »auch Einheimische können Hand in Hand gehen.«

»Ich käme mir lächerlich vor«, sagte er.

In der Nacht fand er keinen Schlaf. Sein Herz war in Aufruhr. Und im Kopf kreiste immer wieder die Szene des Bilderraubs. Das war doch eine Straftat. Und wenn der Mann dreimal vom Rathaus war. Und jetzt sollte er entlassen sein. Warum? Die Kulturamtsleiterin war doch immer mit ihm zufrieden gewesen. Und er hatte schon manchem Künstler beim Bilderaufhängen geholfen. Und nach den Ausstellungen hatte er immer die Einschlaglöcher der Nägel zugegipst und übermalt, obwohl das nicht seine Aufgabe war.

Er stand auf, ging in die Küche und wollte einen

Schnaps trinken. Aber das würde sein Herz noch mehr belasten. Was er brauchte, waren Beruhigungstabletten. Aber weder er noch seine Frau hatten jemals Beruhigungstabletten genommen, und im Toilettenschrank waren keine. Er würde zum Arzt gehen und sich welche verschreiben lassen. So war es ja nicht zum Aushalten.

Er stand am Fenster und starrte hinaus. Die Kirche konnte er sehen, weil sie von Scheinwerfern angestrahlt wurde. Sie erloschen erst um Mitternacht. Hinter der Kirche lag das Alte Brunnenhaus. Sein Brunnenhaus, denn was machte er nicht noch alles zusätzlich neben dem Aufpassen. Er wechselte die Birnen der Leuchtstrahler, wenn sie kaputt waren. Die hingen oben an der Decke, er brauchte eine Stehleiter. Wenn ihm da schwindlig würde, wäre es um ihn geschehn. Einmal war das Klo verstopft. Das war keine angenehme Arbeit. Er fegte vor der Tür, jeden Tag, obwohl da kaum noch Zigarettenkippen lagen, die Leute rauchten nicht mehr. Er hielt die Treppe eisfrei. Die Stadt konnte verklagt werden, wenn jemand auf vereisten Stufen zu Fall kam.

Plötzlich fühlte er eine Berührung. Seine Frau stand hinter ihm und hatte ihre Hand auf seine Schulter gelegt. Das passte so gar nicht zu seiner Stimmung. »Komm schlafen«, sagte sie.

Wie gern würde er ihr alles erzählt haben, was

ihn bedrückte. Aber er konnte es nicht. Sie würde einfach eine Lösung finden, irgendwas Praktisches, ohne seine Qual zu berücksichtigen. Sie wusste auf alles eine Antwort, sah den Wind auf der Gasse laufen und hörte die Fliegen husten. In ihrer optimistischen Art würde sie ihn bestimmt zum Einlenken überreden. Was soll's, könnte sie sagen, entschuldige du dich eben. Nein, er musste es allein erledigen, es waren seine Qualen.

Er nahm ihre Hand von seiner Schulter. »Entschuldige«, sagte er, »ich kann deine Berührung jetzt nicht ertragen.«

Seine Frau sagte nichts und ging zurück ins Schlafzimmer. Ich habe sie beleidigt, dachte er, aber es stimmt ja, ich kann jetzt ihre Nähe nicht ertragen, ich muss unausgesetzt an das andere denken, an das Unrecht, an die Beleidigung durch den Kulturbürgermeister, an die Kühle der Kulturamtsleiterin, die doch immer mit meiner Arbeit zufrieden war.

Wenn er sonst nicht schlafen konnte, ging er zum Küchenschrank und nahm sich einen Topinambur, dann schlief er wieder. Aber jetzt war es anders, jetzt fühlte er Stiche in der Brust, dort, wo das Herz war.

Er hatte erst am Nachmittag einen Termin beim Arzt bekommen. Bei dem war er schon einige

Male gewesen. Es gab Unterlagen über ihn, über seine Blutwerte und seinen Puls und alles über seine Prostataoperation. Er brauche nur etwas zur Beruhigung, hatte er dem Arzt gesagt. Aber der ließ erst seinen Blutdruck messen und ein EKG machen. Sein Blutdruck sei viel zu hoch, und sein Herz rase, sagte der Arzt, er müsse sich vorstellen, sein Herz sei ein Auto, das im ersten Gang mit achtzig fahre. Wie man damit den Motor strapaziere, so strapaziere er sein Herz. Dabei hatte er gar kein Auto mehr, was sollte das Gerede. Ein Beruhigungsmittel brauche er, damit er schlafen könne, sagte er, dann käme das Herz auch wieder in Takt. Was ihn denn nicht schlafen ließe, fragte der Arzt. Er wollte erst sagen, das erledige sich von alleine, aber dann bekam er wieder einen Sprechanfall wie bei der Kulturamtsleiterin, und er sprudelte heraus, wie es gewesen war mit dem Bilderraub und dass man ihn jetzt entlassen wolle, weil man ihn lieber rausschmeiße, als sich zu entschuldigen, was er auf jeden Fall verlange, egal, ob der gewalttätige Kerl vom Rathaus sei, er habe nur seine Pflicht getan ... Dann hatte der Arzt ihm eine Spritze gegeben, kein Rezept für Tabletten, und eine Überweisung für einen Facharzt. Was auf der Überweisung stand, konnte er nicht verstehen, es war Lateinisch. Er war gleich zur angegebenen Adresse gegangen und hatte auf dem Schild gesehen, dass es eine Doppelpraxis war, für Neurologie und Psychiatrie. Auf seinem Überweisungszettel las er den Namen, es war der für Psychiatrie. Man hielt ihn also schon für verrückt.

Aber es ging ihm gut, er atmete viel leichter. Obwohl es kalt war und die Luft feucht, atmete er tief ein, eine Wohltat. Er war nicht zu diesem Facharzt gegangen, gleich weiter. Aus der kleinen Stadt raus, den Schlossberg hinan in den Stadtwald, wie leicht ihm das war. Jahrelang war er nicht so weit in den Wald gekommen. Schön war es ja nicht hier, die breiten ausgefahrenen Schotterwege, die herumliegenden Strünke vom Holzschlag und die kahlen Bäume. Winter eben, im Winter macht man aus Wald Kleinholz. Ein Waldarbeiter saß in seiner Schutzkleidung in der Kabine einer Baumfällmaschine und aß. Selbach lächelte ihn an und grüßte. Der Mann starrte nur gleichgültig. Früher wurden die Stämme mit Pferden aus dem Wald gezogen. Extra dressierte Pferde, Rückepferde, schöne goldbraune Schwarzwälder Füchse. Hatte er als Junge oft zugesehn, wenn im Wald gearbeitet wurde. Wie lange es dauerte, bis der Baum fiel. Und wie die sägenden Männer schrien, wenn er ihnen zu nahe kam. Und er hatte den zitternden Waldboden unter seinen Füßen gespürt, wenn der Baum auf die Erde prallte.

Falls er in Amerika durch den Wald ginge, dachte er plötzlich, und ein Indianer käme aus den Büschen, könnte ihn das erschrecken? Sicher nicht, damit musste man rechnen im amerikanischen Wald, der voller Beeren und Pilze war. Der Indianer würde eine Blase über seinem Kopf Howgh! sprechen lassen, wie er es aus den Bilderheften seiner Kindheit kannte. Und er würde grüß Gott sagen, wie zu dem Essenden in der Baumfällmaschine, der seinen Gruß nicht erwidert hatte.

Was hatte der Waldarbeiter noch vor im Wald? Es dunkelte doch schon.

Der Arzt hatte wohl gedacht, er sei selbstmordgefährdet. Wegen seines Redeanfalls und des Herzdurcheinanders. Deswegen wollte er ihn abschieben zum Facharzt, der ihn ins Irrenhaus weiterreichen sollte. Das würde dem Kulturbürgermeister so passen. Er dachte aber nicht daran, diesen Herren den Gefallen zu tun, er ging spazieren. Wenn es auch Nacht wurde. Der Weg war breit genug, und seine weißen Steine bildeten eine helle Schneise im Dunkel.

Für wen arbeitete der Mann so spät noch im Wald? Der war doch nicht vom Forstamt. Einer vom Forstamt würde nicht bei einbrechender Dunkelheit noch Bäume fällen. Der würde zu Hause sein Abendbrot essen. Einer vom Forstamt hätte auch zurückgegrüßt. Er grüßte ja immer zuerst, schon rein dienstlich, wenn Besucher ins Alte Brunnenhaus kamen. Wenn sie sich schüchtern umschauten und verlegen zurückgrüßten, wusste er gleich, dass sie nur auf die Toilette wollten. Einheimische sagten grüß Gott und schauten sich die Bilder an. Nur kamen wenige Einheimische.

Nach einer Kehre führte der Weg aus dem Wald in ein helleres Gebiet, ein Tal, das sich zur Stadt hin weitete und bis zum Waldrand mit einer Kleingartenanlage besetzt war. Er konnte die Hütten nur als schwarze Kästchen erkennen, wusste aber von Spaziergängen, dass die meisten bunt gestrichen waren. Ein Obdachloser würde da doch gut wohnen können, dachte er, oder ein Verbrecher könnte sich da verstecken, und das gestohlene Bild fiel ihm ein, von diesem Sohn der Winklers, der *Mann ohne Gesicht.* Das war einer wie er, der Mann ohne Gesicht. Der Mann ohne Gesicht war einer, der verfolgt wurde und in einem Schrebergartenhäuschen untertauchen wollte. Ein Verfolgter, ein unschuldiges Opfer. Er meinte jetzt, den Sinn des Bildes zu verstehen. Der Maler hat einen Ausgestoßenen gemalt, einen, der aus der Gegenwart fliehen muss.

Hier war kein Mensch. Die Anlage war eingezäunt, er konnte eine Drahttür ertasten und fand sie offen. Im Dritten Reich hatten sich Verfolgte in Schrebergärten versteckt und überlebt, hatte er im Fernsehen gesehen. Ein Überlebender hatte, vor einer Gartenhütte stehend, dem Himmel und einer verstorbenen Nachbarin gedankt, die ihn mit Lebensmitteln versorgt hatte. Lebensmittel würde er sich auch besorgen müssen, wenn er hier leben würde. Er ging den Weg zwischen den mit kniehohen Jägerzäunen abgegrenzten kleinen Gärten und beäugte die nachtschwarzen Häuschen. Eines hatte eine Veranda mit zwei Stufen, vorsichtig erstieg er sie und ging mit schleifenden Schrittchen über die Bretter zur Tür. Sie war verschlossen. Er strich mit der Hand den über der Tür vorstehenden Querbalken ab und ertastete einen Schlüssel, der passte. Innen war noch ein schwaches Restlicht vom Fenster. Er erkannte einen Schrank und einen Tisch. Es roch stark nach Äpfeln. Auf der Schrankablage lagen Kerzenstummel. Streichhölzer hatte er in der Tasche.

Er zündete zwei Kerzenstummel an, ließ Wachs auf die Schrankablage tropfen und pappte die Kerzen drauf. Im Licht glänzte ein Ofenrohr auf, das von einem kleinen Eisenofen ausging und durch eine Öffnung aus dem Fenster führte. Das sah provisorisch aus und war gewiss nicht genehmigt. Am Ofen stand eine mit Decken belegte Liege, eine

Campingliege. Die Tischplatte war voller Äpfel, Boskoop. An der Wand hing ein Wochenkalender von Edeka. Er zeigte die letzte Woche Oktober, mit dem Bild eines Weinkellers, in dem ein Winzer eine Probe nahm. Und auf dem Dielenboden lag ein roter Sisalteppich. Das war ja richtig gemütlich hier.

Im oberen Schrankteil sah er hinter dem Glas eine Schnapsflasche und Gläser, und hinter den Türen im unteren gab es Geschirr und einen Karton mit Brandbeschleunigern. Fehlten nur noch die Kohlen.

Er guckte sich die Schnapsflasche an. Es war ein Schulheftetikett aufgeklebt, darauf stand: Äpfler. Seinem Herz würde ein Glas nichts anhaben. Überhaupt spürte er es gar nicht mehr, es lief wohl wieder normal. Gegen die Kälte war ein Schnaps immer gut.

Holzscheite fand er unter einer Dachpappe auf der Veranda. Er nahm einige und brachte sie in den Ofen, ein Brandbeschleuniger druntergeschoben, ein Streichholz drangehalten, schon ging die Flamme hoch. Das Feuer fand das Holz, und bald knisterte es vertraulich. Er goss sich noch einen Schnaps ein und setzte sich auf die Liege.

Die ganze Winterkälte steckte in der Bretterbude. Aber er konnte ja jederzeit nach Hause gehen. Seine Frau machte sich bestimmt Sorgen.

Das war nicht recht, hier einzubrechen, Holz zu verbrauchen und Schnaps zu trinken. Er würde einen Geldschein auf den Tisch unter einen Apfel legen, dann wüsste der Besitzer Bescheid und hätte ein Verständnis.

Was für ein Einfall von ihm, dass sich der Kulturbürgermeister bei ihm entschuldigen sollte. Er wollte keine Entschuldigung, er wollte Rache. Dass dem Mann ein Leid angetan würde, dass der Mann leiden müsse, wie er gelitten hatte. Diese eingebildete 9 sollte man zum Platzen bringen.

Er könnte zum Beispiel noch zum Rathaus gehen und eine Scheibe einschmeißen und sich vorstellen, hinter der Scheibe sei das Büro des Kulturbürgermeisters, und die Splitter würden auf seinem Schreibtisch landen. Aber dann hatte er keine Freude mehr an der Vorstellung. Sein Blick fiel auf die Schachtel mit den Brandbeschleunigern. Die wären natürlich auch eine Möglichkeit.

Es war nicht gut, wie er seine Frau behandelt hatte. Sie hatte es doch lieb gemeint. Wie er ihre Hand auf seiner Schulter zurückgestoßen hatte. Aber er hatte in dem Augenblick keine Berührung von ihr ertragen. Und sie war gern zärtlich. Sie wäre gern Hand in Hand mit ihm gegangen, was er unpassend fand. Das sei was für Touristen, hatte er gesagt. Sie liebte es, von ihm geführt zu werden. Schon als sie sich kennenlernten, beim Stadtfest, als er sie zum Tanzen aufgefordert und es schlecht und recht hinter sich gebracht hatte, hatte sie gesagt, du führst so gut. Seine kluge Else.

Das Feuer wurde matt. Er holte neues Holz. Und gönnte sich noch einen Äpfler.

Wenn er nach Hause kam, würde er sich ändern. Mit ihr Hand in Hand gehen, so viel sie wollte. Er hatte es immer als so selbstverständlich empfunden, dass sie da war und gut zu ihm war. Da war er nicht gerecht zu ihr gewesen.

Er könnte ja auch endlich einmal richtig tanzen lernen. Das würde vieles wiedergutmachen. Er würde mit ihr den Tanzkurz für Senioren besuchen. Morgen würde er sie gleich anmelden. Dann würde er nach Hause kommen und sagen, Else, hast du überhaupt ein anständiges Tanzkleid.

Der Kulturbürgermeister war ihm ja im Grunde völlig egal. Sollte er doch so viele Bilder aus der Ausstellung holen, wie er wollte.

Der Mann ging ihn überhaupt nichts an. Er konnte froh sein, die Aufsicht los zu sein. Was war das denn für ein Leben, da zu sitzen, Tag für Tag, bei diesen Bildern, die ihm völlig egal waren, und den Kleinplastiken, die er nicht geschenkt haben möchte.

Und Wettscheine würde er auch nicht mehr ausfüllen. Sollten die anderen gewinnen. Wie lächerlich, auf einen Gewinn zu warten. Das Leben war doch der Gewinn.

Vielleicht war sein Zustand durch die Spritze beeinflusst. Eine euphorisierende Droge, die ihn alles leichtnehmen ließ. Er musste das abwarten. Er konnte jetzt nicht einfach nach Hause gehen. Erst musste er wissen, ob er das auch wirklich wollte, was er jetzt dachte.

Es wurde wärmer. So eine Hütte könnte er doch mieten und hier ganz offiziell sitzen, ein wenig nachdenken und ein wenig im Garten arbeiten. Else aß so gern Blumenkohl. Er könnte Blumenkohl ziehen im Garten. Und Emil würde ihm dabei helfen. Das wäre doch schön, hier halbe Tage mit Emil zu verbringen. Und mit seiner Frau auch. Vielleicht gab es ja Wartezeiten, bis man einen Garten mieten konnte, und es reichte gar nicht mehr mit ihrem Leben. Das wäre auch nicht schlimm. Sie könnten sich ja vorstellen, dass sie einen Garten hätten, und wenn seine Frau Blumenkohl gekocht hätte, würde er fragen, kommt der aus dem Garten, und sie würde sagen, das schmeckst du doch, und dass sie Blumenkohl lieber als weiße Rosen hätte. Und er würde einen Witz über den Geruch der Rosen und den Duft des Kohls machen, und sie würde seinen

Namen sagen, Leoo! Das sagte sie so schön, wenn sie sich über ihn empörte.

Als die Feuerwehr eintraf, war die Hütte bis auf das Fundament abgebrannt. Nur der eiserne Ofen stand noch aufrecht. Die verkohlte Leiche war bald identifiziert. Der Polizei lag eine Vermisstenanzeige vor, Else Selbach hatte ihren Mann Leopold als vermisst gemeldet. Warum Leopold Selbach in der Gartenkolonie verbrannte, war nicht zu ermitteln. Frau Selbach hatte angegeben, ihr Mann sei anders als sonst gewesen, der Arzt sprach von Erregungszuständen mit irrationalem Hintergrund. Der Patient sei seiner Weisung zu einer psychiatrischen Untersuchung nicht gefolgt.

Der Besitzer der Hütte gab an, die Hütte seit Monaten nicht aufgesucht zu haben. Wenn ein Fremder in seiner Hütte logiert haben sollte, wäre es ohne seine Einwilligung geschehen. Ein Ofen sei von ihm allein deswegen schon nicht aufgestellt worden, weil es nicht gestattet gewesen wäre.

Die Oberbürgermeisterin machte zum ersten Mal von ihrem Vetorecht Gebrauch und verhinderte den Ankauf des Bildes von Winkler. Auch ihre Parteifreunde waren empört über die im Bild zum Ausdruck kommende plumpe Verspottung deutscher

Befindlichkeit. Das Bild des Mannes ohne Gesicht, in das plakativ die sich vermischenden Farben der Nationalflagge hineingemalt waren, war für sie eine oberflächliche Kritik an der Identifikation von Sportsfreunden mit den Siegen deutscher Mannschaften bei internationalen Anlässen. Die aufrichtige Begeisterung der mit den Nationalmannschaften fiebernden Landsleute als Schrebergartenmentalität abzutun war nicht hinnehmbar.

Als Kulturbürgermeister Wenner vom Einspruch der Oberbürgermeisterin gegen den *Mann ohne Gesicht* erfuhr, erwog er eine Kampagne. Die Presse würde schon aus Eigennutz auf seiner Seite sein. Als man ihm die Gründe der Oberbürgermeisterin für die Ablehnung mitteilte, bekam er einen Schreck. Hatte er das Bild etwa missverstanden? Dazu kam noch der Unfall oder Selbstmord dieses Irren vom Alten Brunnenhaus, ausgerechnet in einer Schrebergartenanlage. Wenn er es recht überlegte, war der Dialog mit den roten und schwarzen Punkten allein schon wegen seiner kunstgeschichtlichen Bedeutung das für die Städtische Galerie geeignetere Bild.

DIE FRAU DES CROUPIERS

Mord

Irene bummelt betont gleichgültig durch die zweite Etage des KaDeWe, Herrenkonfektion, ihr Ehemaliger ist da wie Chef. Die entsicherte Pistole in der Handtasche. In Demut getauchte Streicher und gedämpfte Posaunen wie Glockenblumenläuten aus einem Kinderbuch umsäuseln sie, aber sie hört auch, unter der Musik, für andere unhörbar: Tu es, Irene, tu es!

Der Humorforscher

Er sitzt in der Höllentalbahn mit dem Rücken zu einer Gruppe Skat spielender Männer. Die Männer begleiten das Ausspielen und Einstreichen der Karten mit dumpfen und kernigen Sprüchen, von denen die komischsten belacht werden. Der Humorforscher schreibt sie mit. Die Lachphasen misst er auf einer Stoppuhr, die die Zeit des Vorlachers und die der Nachlacher unterscheidet und zusammenrechnet, so dass der Humorforscher später sagen kann, auf das Vorlachen des Spielers A erfolgte nach zwei Sekunden allgemeines Mitlacherlachen, wobei A bis zum Ende der Lachphase, die bis zu sechs Sekunden dauerte, mitlachte. Von den Sprüchen der Kartenspieler hat der Humorforscher in früheren Studien schon die meisten erfasst, bis auf »Jetzt kommt Mutti« und »Gute Nacht, liebes Glück«, oder war gemeint »Liebesglück«? Als die Karten neu gemischt werden, tritt der Humorforscher zu den Spielern, stellt sich und seine Tätigkeit vor und fragt, was denn nun gemeint gewesen sei, »Gute Nacht, liebes Glück« oder »Gute Nacht, Liebesglück«? Er muss seine Frage wiederholen. Die

Männer sehen sich ratlos an. Einer murmelt, Kann mich nicht erinnern. Daraufhin spielen sie weiter, der Humorforscher setzt sich wieder mit dem Rücken zu ihnen, den Notizblock im Anschlag. Die Skatspieler bleiben aber beim Ausspielen und Einsammeln der Karten stumm. Lachen, weiß der Humorforscher, befreit, ist ein Prozess der Bewusstwerdung. Aber niemand lacht mehr.

Beim Durchblättern alter Tagebücher

Sehr komisch, dauernd musste er lachen. Dabei hatte er nur zwanzig Jahre lang voller Wut und Verzweiflung die Dummheiten seiner Frau aufgeschrieben. Beinah tat es ihm leid, dass er sie verlassen hatte. Sie hatte doch für Unterhaltung gesorgt.

Anna mit dem Zug unterwegs

Der letzte von Zürich nach Basel, um Mitternacht. Bei Aarau hört sie ein schreckliches Klappern von den Schienen, direkt unter sich. Dann hält der Zug. Durchsage, es ist etwas geschehen. Wir bemühen uns, so schnell wie möglich … Später die Durchsage, wir haben einen Menschen überfahren, gleich kommt der Ersatzzug, wir bitten Sie umzusteigen. Eine junge Frau schreit: Ich will das nicht wissen, ich hab den ganzen Tag gearbeitet, ich will nach Hause, ich will schlafen.

Im Dialekt klingt das so: »Das isch mir doch egal, e Person überfahre, sparet eu doch die Durchsag, das isch mir doch schiissiglich. I will jetz hei is Bett. Wie gseht das uus, sölle mir hie im Wage übernachte?«

Eine Dame weist sie zurecht: »Das dörfet Si so nid säge. Näi, das goht nit.«

Die junge Frau brummelt weiter. Eine halbe Stunde später kommt der Entlastungszug. Alle Passagiere müssen vor in den ersten Wagen, man hat eine Treppe am Ausstieg angebracht, vier Bähnler helfen beim Aussteigen und Einsteigen in den fensterlosen Entlastungszug. Hier sitzen und stehen sie eng, es sind nur zwei Waggons, mit denen sonst die Einsatzkommandos zu Unglücksorten beordert werden. An den Wänden sind ihre Arbeitsgeräte montiert, Äxte, Schaufeln ...

Der Entlastungszug bringt sie bis Olten. Es hätte eine bedrückte Stimmung geherrscht, sagt Anna.

Kirchensteuer

Uta war als Kind gern katholisch, heute nicht mehr so. Als die Skandale um den sexuellen Missbrauch von Kindern durch Kirchenbeamte kochten und Katholiken in Bataillonstärke aus der Kirche austraten, blieb sie aber drin. Gerade jetzt kommt es darauf an, sagte sie sich.

Dann brachen Zeiten an, in denen es ihr nicht mehr so darauf ankam, und verärgert über einen seinen persönlichen und kirchlichen Luxus auf Kosten der Kirchensteuerzahler auslebenden Bischof, schrieb sie einen Brief an den Erzbischof. Ich will nicht mehr, ich kann nicht mehr, ich bin ganz verzweifelt. Da lud der Erzbischof sie zu sich ein. Ich will ja nicht für immer austreten, sagte sie, weil der Mann ihr sympathisch war, aber für ein paar Jahre schon und meine Kirchensteuer für so einen Verschwender ... Der Erzbischof rieb sich das Kinn. Sie können nicht austreten und wieder eintreten, das ist nicht vorgesehen, aber ich verstehe Ihre Sorgen, machen wir es so: Zahlen Sie weiter Ihre Kirchensteuer, und wir zahlen sie Ihnen am Anfang des neuen Jahres zurück.

Uta ging befriedigt nach Hause, toller Erzbischof, tolle Kirche.

Sie zahlte weiter ihre Kirchensteuer und wartete auf die Rückerstattung. Die kam nicht. Je länger sie wartete, umso mehr verehrte sie den Erzbischof und fühlte sich mit der Kirche wieder ganz im Reinen.

Das Hinausgebrüllte und Ringelsöckchen

War mir in der Lehre näher, das Hinausgebrüllte. Besonders das von August Stramm, Postbeamter aus Münster, das Wollen steht! Aber *Verteidigung der Wölfe* mochte ich auch. Erstes Lehrjahr. Die Mutter des Chefs, alte Buchhändlerin mit katholischen Backentaschen, sagte, Bücher von Herrn Thomas Mann verkaufe ich nicht. Und rief den Sohn, Franz-August, der musste das machen. Thomas Mann war eben nicht da, als Münster bombardiert wurde. Als ihre Buchhandlung, ihre Wohnung, der Drubbel und der schöne Prinzipalmarkt zerstört wurden, saß am Ofen Herr Thomas Mann im Ausland und sprach ins Radio, das sei nur gerecht, dass jetzt Schutt und Asche über Deutschland kämen. Der Sohn Franz-August durfte dennoch *Felix Krull* verkaufen. Der ging nämlich famos. Die schlüpfrigen Sachen vom Gala- und Skulima-Verlag noch besser. Starker Bedarf an »Stellen« in Münster. Die alte Dame weigerte sich auch, mir *Lolita* oder *Lady Chatterley* zum Lesen mitzugeben. Lehrlinge und Angestellte mussten die Bücher, die sie ausliehen, in ein Buch schreiben und abzeichnen lassen. Machte dann Franz-August. Der auch zur Buchmesse fuhr. Suhrkamp-Empfang. Grüßen Sie Enzensberger, sagte ich. Benn konnte er nicht mehr, Brecht auch nicht grüßen, die waren gerade gestorben. Sonst interessierte mich neben Stramm und Jahnn unter den Deutschschreibenden hauptsächlich Arno Schmidt, der, wusste ich schon, ging nicht zur Buchmesse. Also grüßen Sie Herrn Enzensberger von einem Jungbuchhändler aus Münster recht schön, sagte ich.

Er habe Enzensberger gesehen und gehört, sagte mein Chef, wieder in Münster, eine enttäuschende Begegnung, Herr Enzensberger habe Ringelsöckchen getragen.

Allerdings 1

Er schwimmt nicht gern. Sagt er. Sie sagt, nun geh
doch mal schwimmen, wenn wir schon extra am
See wohnen. Ich seh lieber aufs Wasser, als dass ich
drin bin, sagt er, ich find schwimmen langweilig, ich
langweile mich beim Schwimmen so sehr, dass ich
lieber ertrinken möchte als weiterschwimmen. Sie
hört sich das seit Jahren an, manchmal allerdings
lächelt sie dabei.

Allerdings 2

Hörte ein Hörspiel vom Deutschlandfunk und machte es aus, als eine weibliche Stimme: Haun se ma ja nich so auf die Kacke, sagte, allerdings spielte die Geschichte in Hamm.

Coole Jungs

Als um Hiltrup der Dortmund-Ems-Kanal noch die engere Kurve machte, stand ich oft auf der Brücke und sah auf die Schiffe runter. Vorne der Dampfer, dann drei bis fünf Schleppkähne, auf denen nicht mal ein Verdeck, geschweige ein Häuschen für den Schiffer war. Der stand im Freien am hölzernen Ruder und durfte sich nicht ablenken lassen. Stur geradeaus, dem Dampfer hinterher. Sie sahen mich nicht, sosehr ich auch winkte. Die Dampfer hatten einen hohen Schornstein, den man einziehen konnte, sonst wäre er an der Brücke zerschellt. Jetzt kommt einer. Ich steh oben und kuck runter. Noch zehn Meter, noch acht, noch sechs … Seelenruhig kommt der Kapitän mit der Pfeife im Mund aus seiner Kabine und geht zum Schornstein. Noch vier Meter. Noch drei. Gleich kracht's. Noch zwei. Der Kapitän zieht an einer Schnur, die vom Schornstein baumelt, der obere Teil des Schornsteins kippt nach unten, der Dampf faucht jetzt aus dem Restrohr, viel lauter als aus dem hohen Rohr, der Dampfer ist unter mir, ich laufe auf die andere Seite der Brücke, der Kapitän mit seinem Dampfer ist noch nicht ganz durch, da lässt er das Tau schon los, der Schornstein klappt in dem Augenblick hoch, als er gerade unter der Brücke hervorkommt, beruhigend qualmt's wieder aus dem hohen Rohr, tucker, tucker. Damals hielt man den Schauspieler James Dean für den coolsten Typ der Zeit. Ich wusste es besser.

Weiße Weihnacht und die Frau, die alles tragen konnte

Irgendwann wurden die Versicherungsprämien für weiße Weihnachten so teuer, dass es sich lohnte, eine Schneeberieselungsanlage anzuschaffen. Weil wir im letzten Jahrzehnt keinmal weiße Weihnachten hatten, war die Anlage nahezu gänzlich durch die Entschädigungszahlungen finanziert. Ich schau heute nicht mal mehr zum Thermometer, wenn ich Heiligabend die Anlage einschalte. Unser Schnee rieselt bei jedem Wetter. Die Kinder liegen im Fenster, haben sich Pelzmützen aufgesetzt und freuen sich. Allerdings nicht lange. Wenn im Weihnachtsprogramm die alten Schneefilme kommen, sind die Kinder schnell weg vom Fenster. Unsere Schneekanone kann eben nicht mit den Filmstudios konkurrieren. Trotzdem, verzichten will keiner auf den Zirkus. Schnee zu Weihnachten muss sein, wie das Amen in der Kirche. Es geht ja gar nicht so sehr um den Schnee, denke ich. Schnee ist ein Symbol, ein Symbol für den Sand in der Wüste, durch den die Heiligen Drei Könige ritten, Schnee mahnt an die Vergänglichkeit des Lebens, Schnee … Als ich ein

Kind war, mein Gott, wie habe ich den Schnee zu Weihnachten herbeigebetet ...

Unseren Frauen war die Mode nie recht, ihre Vorschriften passten ihnen nicht, sie diktierten ihnen nur Fehler an den Leib, und überhaupt waren ihre Leiber nicht für die Mode geschnitten. Monika hatte ein Kinn wie Onkel Johannes, Doris schlug ganz nach der Bottroper Linie – und das hieß Oberschenkel und Hintern sozusagen in einem Streich –, über Margas Busen wurde nur andeutungsweise gesprochen, es hieß bloß, Margas Busen »gehe unter«, Blusen schienen nur dazu gemacht, dass Margas Busen sich darin verlor. Die Männer in meiner Familie gewöhnten sich die Sicht der Frauen an, sie sprachen von Schrittschiefstellung, Wulstbildung, stirnfliehender Hutlage und dergleichen, wie die Viehhändler. Die Viehhändler sah man auf den Auktionen mit ihren Bewertungsbögen von Kuh zu Kuh gehen und die Beinhaltung, die Kruppe, das Auge und so weiter mit Minuspunkten versehen. Genauso machten es mein älterer Bruder und mein Vater, sie saßen in den Sesseln im Wohnzimmer, wenn sich unsere Damen vor großen Ausgängen herausgeputzt hatten, und kreuzten die Fehler an.

In der Nachbarschaft, in der Villa Monbijou, gab es eine Frau, die diese Sorgen nicht hatte. Es war »die Frau, die alles tragen konnte«. Der Frau von Monbijou »stand einfach alles«, sie sah »immer picobello« aus, schön, modisch, elegant. Bei ihr hatte Gott den Lehm, aus dem er sonst die Menschen knetete, beiseitegelegt und feineres Material genommen. Ein Meisterwerk. Und eine Haut darüber gezogen – Maßarbeit! Wenn die Frau aus der Villa Monbijou auf die Straße trat, liefen alle ans Fenster, die Münder vor Staunen offen, solange sie zu sehen war, und dann sagte meine Mutter, oder Doris, oder Marga, oder Monika: »Die kann einfach alles tragen.« Der Vater und mein Bruder sagten nichts, nur strich sich manchmal einer mit der Zunge über die Lippen. Den Mann der Frau von Monbijou sah man nie. Es hieß, er sei an den Rollstuhl gefesselt, sehr reich, in seiner alten Heimat hätten ihm sagenhafte Ländereien mit Zuckerrüben gehört, deswegen hieß er bei meinen Schwestern der »Zuckerbaron«, und mein Bruder nannte die Frau von Monbijou auch die »Zuckerpuppe«, mein Vater sprach nur von »landlosen Ostpreußen«.

Um den Nikolaustag herum begann ich meine Gebete nicht mehr an Gott zu richten, sondern direkt ans Christkind. Ich teilte dem Christkind mit, dass ich durchaus auf die Geschenke meiner Schwestern Monika, Marga und Doris zu verzichten bereit sei, wenn es nur schneien würde. Aber ich bekam jede Weihnachten den selbstgestrickten Schal von Monika, die gehäkelte Mütze von Marga und den geschneiderten Schulkittel von Doris, das heißt, es schneite nie.

Bis auf einmal, einmal hat es doch geschneit. Ich war acht oder neun Jahre alt. Es wurde Heiligabend, und noch war kein Schnee gefallen. Schnee, Schnee, wo bleibst du? Warum wurden meine Gebete nicht erhört? »Es liegt am Golfstrom«, sagte mein Vater, und meine Schwestern schenkten wieder Schal, Mütze und Kittel. In der Nacht weckte mich mein Bruder, tat sehr geheimnisvoll, nahm mich an die Hand und führte mich auf den Dachboden. Durch eine Luke konnten wir die erleuchtete Villa Monbijou sehen. Auf der Terrasse lag – Schnee. Seine Kristalle funkelten im Licht. Die ganze Terrasse war voller Schnee. »Schnee!«, rief ich freudig. »Du Idiot«, sagte mein Bruder, »das ist Zucker.« – »Zucker?« – »Haben sie eben hingekippt, einen Lastwagen voll.« Wer, das Christkind? Hatte die Frau von Monbijou, genau wie ich, um Schnee gebetet, und das Christkind hatte sie erhört, und jetzt war ein Fehler passiert? »Wer hat den Zucker gebracht?«, fragte ich. »Nordzucker«, sagte mein Bruder. Ich konnte es nicht glauben: »Ein LKW von Nordzucker?« – »Halt's Maul«, sagte mein Bruder, »es geht los!« Im Zimmer hinter der Terrasse gingen die Lichter aus, und Kerzenschein flammte auf. Nach einer Weile wurde die Terrassentür geöffnet, und heraus trat »die Frau, die alles tragen konnte«, vollständig nackt. Hinter ihr war der alte Baron im Rollstuhl zu sehen, er trug einen Kranz aus Tannenzweigen, mit vielen Kerzen besteckt. In ihrem Schein machte die Frau von Monbijou einige Tanzschritte, und hin und wieder bückte sie sich, grub mit beiden Händen in dem Zucker und warf ihn in die Luft, dass er über sie zurückrieselte. Dann ließ sie sich fallen und wälzte sich im Zucker hin und her. Der alte Baron saß unbeweglich in seinem Rollstuhl, den Tannenkranz mit den brennenden Kerzen auf dem Kopf. Ich verstand das alles nicht und begann mich zu fürchten und wollte wieder in mein Zimmer, aber mein Bruder hielt mich am Arm fest. »Gleich kommt's«, flüsterte er aufgeregt, und seine Augen starrten gierig. Die Frau, die alles tragen konnte, stand jetzt auf und ging ganz langsam auf den alten Baron zu. Ihr Körper war über und über von einer Zuckerschicht umhüllt. Sie nahm dem alten Baron den Kranz vom Kopf und stellte ihn auf den Boden. Dann setzte sie sich auf seinen

Schoß, und so blieb sie, lange, lange Zeit. Mein Bruder seufzte und sagte: »Jetzt schleckt er sie ab.«

Ich ging zum Schalter und machte die Schnee-berieselungsanlage aus. Meine Frau und die Kinder sahen Oliver Twist beim Schneeschaufeln zu, oder war es Micky Maus? Jedes Jahr die gleichen Filme, dieselben Erinnerungen.

Die Frau des Croupiers

Zu Weihnachten hatte ihm die Mutter eine bunte Wollmütze gestrickt. Weil er doch am liebsten draußen spielte. Und wenn ihm kalt war, konnte er sie ganz übers Gesicht ziehen, zum Sehen und Atmen waren Löcher gelassen und eingefasst. Eines Tages ging er zur Sparkasse, die Mütze über das Gesicht gezogen, und sagte: »Her mit der Kohle!« Das klappte. Frau Schillinger, die ihn natürlich kannte, aber die Mütze nicht, gab ihm alles Geld, das sie in der Kasse hatte, 312 Euro, damit hüpfte Robert fröhlich davon. Dann drückte Frau Schillinger den Alarmknopf, und als die Polizei eintraf, nach etwa dreißig Minuten – Haueneberstein hat keinen Posten mehr, die Beamten kamen aus Kuppenheim –, saß sie immer noch ganz benommen auf ihrem Stuhl und sagte: »Ich glaub es nicht.«

Robert war nach Hause gegangen, händigte auch sofort das Geld aus, als die Polizei es wiederhaben wollte, die Mutter schalt, aber die Mütze, die die Polizei auch haben wollte, gab Robert nicht her. Und als die Mutter und die Polizei zu suchen anfingen, lächelte Robert nur.

Dann kam Robert in ein Heim mit Aufsicht, das hatte der Jugendrichter verfügt, ein Jahr lang, dann kam er wieder raus, und kaum war er zu Hause in Haueneberstein, setzte er die bunte Mütze auf, ging in die Sparkasse und sagte: »Her mit der Kohle!« Das klappte. Frau Schillinger gab es nicht mehr, jetzt leitete eine Frau aus Rastatt die Sparkasse, die kannte den Robert nicht und seine Mütze schon gar nicht, und in der Kasse waren 76 Euro. Der Robert sagte aber noch was: »Klappe halten, woisch!« Und das letzte Wort sprach er so aus, dass man es sich geschrieben mit zwei Ausrufezeichen vorstellen muss. Denn im Heim hatte er immer überlegt, was er wohl falsch gemacht hatte bei seinem Überfall. Und er war zu dem Ergebnis gekommen, er hatte gar nichts falsch gemacht, nur die Frau Schillinger. Die Frau Schillinger hatte ihn verraten. Und deswegen warnte er die neue Filialleiterin, damit sie nicht den Fehler machte, den die Frau Schillinger gemacht hatte. Die neue Filialleiterin drückte auch nicht den Knopf, sie war viel zu aufgeregt dazu, sondern lief, als der Robert davongehüpft war, auf die Straße und schrie: »Überfall!« Und zeigte dem Robert hinterher. »Aber das ist doch der Robert!«, beruhigten sie die Leute.

Die Mütze fanden die Polizisten und auch die Mutter wieder nicht, doch musste der Robert diesmal drei Jahre ins Heim. Der neuen Filialleiterin ließ die Sache mit dem Robert aber keine Ruhe. Sie besuchte die Mutter des Robert und besprach sich mit ihr. »Das geht ja so weiter mit dem Robert, wenn er wieder nach Haueneberstein kommt«, sagte die neue Filialleiterin, »und dann sperren sie ihn noch länger weg, das wollen Sie doch auch nicht.« »Nein«, sagte die Mutter, »aber wir sind einfache Leut, da gibt's keinen Einfluss drauf.« »Doch«, sagte die neue Filialleiterin. »Stricken Sie mir auch so eine Mütze, wie die von dem Robert, seine finden wir doch nimmer.« So geschah es. Der Robert kam wieder, setzte seine bunte Mütze auf, ging in die Sparkasse und wollte gerade sein Sprüchlein sagen, da sah er seine Mütze hinter dem Schalter. Die Filialleiterin hatte sich schnell die Mütze übergezogen, als der Robert hereingekommen war. Jetzt standen sich zwei Mützen gegenüber. »Diesmal bekommst du nicht nur ein Geld, sondern ein Sparbuch dazu«, sagte die Filialleiterin und gab dem verdutzten Robert fünf Euro und das Sparbuch. Der Robert staunte nicht schlecht. Die Filialleiterin nahm ihm aber die fünf Euro gleich wieder ab und zeigte ihm, wie sie den Betrag in sein Sparbuch eintrug. Das gefiel dem Robert, und er ging mit dem Sparbuch zufrieden davon. Der Robert soll heute schon einige hundert Euro auf dem Sparbuch haben, genau weiß es niemand, denn der Robert versteckt sein Sparbuch genauso sorgfältig wie seine Mütze. Und die Filialleiterin sagt auch nichts, Bankgeheimnis. Ihr Mann aber soll in der Spielbank arbeiten.

DER MAISFELDSCHLÄFER

Ganzlederband mit Rückentitelvergoldung

Balzac, *Das Chagrinleder,* mit Deckelsignet und Kopfgoldschnitt.

Auf dem Vorsatzblatt die Widmung: »Lies dies, Bestie, oder stirb! Alfred.« 120 Euro

Rennradfahrer

Man kann hundert Kilometer mit dem Rennrad fahren und weiß später doch nur: Aus dem Brunnen am Grenzstein, wo es früher ins Württembergische ging, lief armdick das herrlich kalte Wasser, an der Murg ist der Fahrweg frisch asphaltiert, ein Mädchen mit Helm vorm Pfadfinderheim grüßte verlegen.

Bayreuth

Sein Festspielhaus sollte nur perfekt sein, nur Festspielhaus. Richard Wagner ließ als Architekten den
Deutschen Geist kommen. Der Deutsche Geist war
sein Baumeister. Noch im Zweiten Weltkrieg bom-
bardierten amerikanische Bomberpiloten das Festspielhaus nicht, weil sie es für eine Brauerei hielten.
Sieger brauchen Bier. Das hatte der Deutsche Geist
mit einkalkuliert.

Einfach eben Edenkoben

Ich besitze ein Buch von Zsuzsanna Gahse, *Einfach eben Edenkoben* heißt es, die Autorin hat mich damit bedacht und an drei Stellen handschriftlich Korrekturen vorgenommen, auf Seite 41 hat sie ein Komma gesetzt, auf Seite 42 ein n gestrichen und auf Seite 70 den Namen Mia durchgestrichen und Winnie darübergeschrieben. Ich liebe das Buch nicht wegen der drei Korrekturen allein, aber durch sie noch ein wenig mehr. Die Sprache spricht in dem Buch manchmal mit sich selbst, und manchmal drehen sich die Worte um oder legen sich hin, nicht weil sie müde wären – aus Übermut. Öfter wandern sie. Schreiben ist nämlich wie gehen. Immer zwischen den Weinbergen zum Rhein runter. Ich lese *Einfach eben Edenkoben* alle zwei Jahre. Es wird dabei immer besser. Ende des Monats fahr ich übrigens hin.

Wahr ist indessen, dass ich drei Exemplare von *Einfach eben Edenkoben* besitze, eins mit Widmung für mich, eins mit Widmung für einen Martin, eins ohne Widmung. Martin, der Schuft, hat es ins Antiquariat gegeben, ich habe dafür einen Euro bezahlt, das andere kommt aus dem Ramschverkauf der Stadtbibliothek, ein Kilo drei Euro. Alle Exemplare sind aber von Frau Gahses Hand mit Komma, durchgestrichenem n und der über Mia geschriebenen Winnie korrigiert. Ich kann an keinem Bücherstapel, keinem Antiquariat, keinem Ramschverkauf vorübergehen, ohne nach weiteren Exemplaren von *Einfach eben Edenkoben* Ausschau zu halten.

Verunreinigtes Grundwasser

wegen des Hundekots in unserm Quartier. Wir fürchteten uns vor dem Ausbruch von Seuchen. Bis die Hunde das Problem in die Hand nahmen. Sie benutzten nur noch die Klos in den Wohnungen, nahmen ihre Frauchen und Herrchen an die Leine und führten sie auf die Straßen. War ein Baum oder eine Grünanlage erreicht, kurz links und rechts geblickt, den Rock gehoben oder die Hose runtergezogen und ein Haufen gesetzt. Vieles ist seither in unserm Quartier besser geworden, es gibt keinen Hundekot mehr, und die Haufen von Frauchen und Herrchen beleben das Straßenbild. Das Grundwasserproblem jedoch ist damit nicht eigentlich gelöst.

Der Schlüsselladen gegenüber Penny

Kurz nach neun ist der Laden bereits gut besucht, die Kunden haben sich gerade bei Penny mit Frühalkohol versorgt, schon ist ihr Schlüssel weg. Meist in der Hose von gestern. Es sind Sport-, Jogging- oder Freizeithosen, gemütliches Zeug, kuschlig, aber in den Farben doch deutlich zu unterscheiden, sollte man meinen. Unsereins lebt nicht in solchen Hosen. Wer darin lebt, hat offensichtlich Schwierigkeiten mit den Farben und den zwei oder drei Streifen. Jetzt soll sie es richten, die Schlüsselfrau. Man schaut ihr gern zu, sie läuft so flott vom Rohschlüsselbrett zum Amboss, zum Telefon – da sind welche dran, die auch nicht raus- oder reinkommen –, zum dicken stabilen Mann, der in der Ecke an einem kleinen Tischchen am Laptop sitzt, der Chef oder ihr Macker, man weiß es nicht, der Schlüssel vom Ganzen, ihr Schlüssel, sie übergießt ihn mit Aufmerksamkeit. Er guckt nur kurz auf ihre ihm hingehaltenen Brüste, sie sind aber auch was, so weiß, so Marmor, so in Form, deswegen warten die Kunden ja auch gern länger, trotz Dringlichkeit. Manch einer schraubt aber schon stickum an der

Pulle in der Tüte. Ihr Schlüssel, ihr Freier, ihr Chef, schaut nur kurz hin, nickt zu dem, was sie sagt, oder sagt: 20iger, oder: 30iger, dann rast sie zum Schlüsselbrett mit den Rohlingen, nimmt einen, rast zur Prägemaschine, tippt was ein, was dann rauskommt, eilt mit ihrer stolzen Brust zum Kunden. Man kennt sich ja, und die Schlüssel. Nicht teuer. Der dicke Mann, ihr Mann, ihr Chef, starrt weiter auf den Laptop, und manchmal tippt er mit dem Zeigefinger auf eine Taste, der Mann weiß, was er will.

Dreieck

Hat was Vollkommenes und gemessen am Kreis was Kleinliches. Wie ein Käsedreieck. Dreimal gleiche Länge, die sich konstruktiv einbringt. Bei eher lauem Geschmack. Doch habe ich nichts gegen das Dreieck. Ich lasse auch das Viereck gelten. Mit dem Fünfeck habe ich es nicht so. Das Eineck ist mir das liebste. Ich liebe die einfachen Dinge. Das Einfache. Das Einfache ist leicht verräumt. Ein Fach ist aber auch eine Falle. In der Falle steckt der Käse, dreieckig. Da haben wir den Salat.

Wenn man »Einmal einfach« wählt, hat man ein klares Ziel, die Einfachheit. Nimmt man »Hin und zurück«, landet man wieder im Komplizierten.

Arbeitsstelle

Arbeitete in einem Raum mit dem Papst und einem Mann im dunklen Anzug zusammen. Der Papst telefonierte dauernd, und ich musste seine Akten einräumen. Der Mann im dunklen Anzug beobachtete spöttisch den gerade mit Polen telefonierenden Papst und zwinkerte mir zu. Seine Funktion in dem Büro war unklar. Bis ich begriff, es war Gott.

Schlechtes Benehmen

Der Liebhaber beklagt sich beim Ehemann über seine Beischläferin, dessen Ehefrau. Sie sei angetrunken gewesen, habe Gäste beleidigt, und er, der Liebhaber, habe es nur mit Gewalt geschafft, sie nach Hause, also zu ihm, ihrem Ehemann, zu zerren. So könne es nicht weitergehen. Ob er, der Ehemann, denn seinen Einfluss nicht geltend machen könne, um ein besseres Benehmen seiner Frau zu erwirken?

Probleme der Tagebuchschreiber

Robert Schumann machte eine Sechzehntelnote für Beischlaf, Thomas Mann erwähnte mit Stolz jede Erektion, X zeichnete für Masturbation eine Palme, Y für Analverkehr einen Tunnel. E. T. A. Hoffmann malte einen Schmetterling fürs Bürsten, einen Vogel fürs Fegen. Pepys blieb sachlich, Tolstoi grundsätzlich. Oscar A. H. Schmitz kontrollierte jedes Bordell und benotete die Damen, Walter die Mösen. Lenin wollte aus jedem Priester einen Eiszapfen machen. Ich bin Lenins bester Schüler, sagte Stalin, da war er schon längst ein Eiszapfen. Die Zecke wartet zwanzig Jahre, bis ein Warmblüter vorbeikommt. Dann saugt sie Blut, dann denkt sie an GV.

Neue Musik

Sie hüpften, scharrten mit den Füßen, die Ohren wackelten nach Noten. Ab und zu tupfte der Pianist auf die Tasten, jaulte die Klarinette auf, schrillte die Geige. Dazu die Leibesübungen der Solisten, Hüpfen, Klettern, Knien, Ohrenwackeln. Charmant und diszipliniert. Ein Musiker schabte Schmirgelpapier gegen ein Brettchen und blies den Staub ins Publikum. Was die Leute nur gegen Neue Musik haben. Am besten gefiel mir das Kirschkissen, ein Stück für Xylophon, Klavier und Kirschkissen, auf das ein Musiker mit einem Kartoffelstampfer einschlug, bis das Kissen platzte und die Kirschkerne den Zuhörern vor die Füße sprangen. Ich aber konnte einen mit dem Mund auffangen. Man hört sie gern, die Musik. Ist sie nicht da, vermisst man sie, hört man sie, denkt man an anderes.

Der Maisfeldschläfer

Er war ausgestiegen, weil er dem Schaffner nicht traute. Eigentlich wollte er nach Donaueschingen. Von Donaueschingen gab es jede Menge alte Stiche. Leicht zu besorgen für ihn. Stiche vom Schloss, von der Donauquelle, gut zu verkaufen in Donaueschingen. Die Leute wollten ja nur Sachen an der Wand, die sie kannten, aber von früher musste es sein. Zwar hatte der Schaffner nur kurz geguckt, als er sich an dem Rad zu schaffen machte. Nach der nächsten Station, Singen, würde der Schaffner aber noch einmal durchkommen, dann könnte er nicht wieder an dem Rad rumfummeln.

Es war nicht sein Rad im Fahrradabteil, er hatte nur so getan, als der Schaffner auftauchte. Er war niedergekniet und hatte an der Schaltung rumgemacht. Weil er keinen Fahrschein hatte. Geld hatte er auch nicht. Und die letzten Nächte hatte er gar nicht gut geschlafen.

Das also war Singen. Ein lustiger Name für das, was er da zu sehen bekam.

Warum gab es solche Städte? Florenz war doch

viel schöner. Er war mal in Florenz gewesen, schöne Stadt. Aber hier war alles so wie überall. Auch die Schweizer Städte, die kleinen, hatten was für sich. Die meisten kannte er, besonders die, die auf alten Stichen vorkamen. Und alle Städtchen am Rhein und am See, da war er wie zu Hause. Singen war auch oft auf Stichen, wegen des Hohentwiels und der Ruine da oben.

Er brauchte Geld und was für den Geschlechtstrieb. Die Mädchen hier waren spitze. Bauchfrei und Brüste, die nur so blinkten, und Hinterteile, die knallten ihm in die Augen, dass es schmerzte. Wie sie dahinstöckelten und schwebten, einfach erhebend. Das war aber jetzt gewagt, das würde er nicht wiederholen gegenüber einer Singener Dame. Es war oft so schwierig mit den Mädchen und Frauen. Dabei wollte er gar nichts von ihnen, nichts Ungehöriges, nur das Normale.

Er las auf einem Arztschild: Kompetenzverlustsyndrome. Was war das nun wieder?

Dr. Sibylle Rückert

Diplompsychologin

Motivations- und Kompetenzverlustsyndrome

So eine brauchte er. Seine Motivation war zwar in Ordnung, er brauchte Geld und was für den Geschlechtstrieb, aber er war nicht kompetent genug, da schnell ranzukommen. Er brauchte Hilfe, es war dringend.

* * *

Kommissar Neumann hörte seinen Jungkollegen Beyerle am Telefon jemanden abwimmeln. Was für ein Gestammel. »Ja, aber ... wieso ... warum ...« Mein Gott, was lernten diese Kerle eigentlich auf der Polizeischule. Die verließen sich auf die Praxis, die Praxis würde sie schon einschleifen. Bei Beyerle sah es aber nicht so aus. Anwärter Beyerle war nun schon vier Monate in seinem Büro und heute genauso ein Schaf wie vor vier Monaten. Oder lag es auch an ihm, Neumann, dass Beyerle sich als lernresistent erwies?

»Dafür ist Kommissar Neumann zuständig«, rief Beyerle ins Telefon und hielt ihm den Hörer hin, ratlos die Schultern hochziehend.

»Kommissar Neumann. Guten Tag.«

»Doktor Rückert.« Eine energische Frauenstimme. »Man wollte mich erwürgen, gerade bin ich wieder aufgewacht ... sonst wär ich tot.«

»Das wäre schlimm«, sagte Neumann, »bitte der Reihe nach.«

* * *

Diplompsychologin Dr. Rückert erwies sich als gepflegte Dame. Eine Sprechstundenhilfe hatte sie nicht. Ihr Praxisraum glich eher einem Studio, von einem Designer gestylt. Kein Bild an der Wand, kein Teppich auf dem Boden, aber ein Spucknapf in der Ecke. Frau Rückert hatte Neumann in einen im Drahtgestell hängenden Lederlatz, der ihr als Sessel diente, Platz zu nehmen genötigt.

Beyerle durfte auf einem normalen Stuhl sitzen. Der Laptop lag auf seinen Knien, und er tat so, als tippe er die Aussagen Frau Rückerts mit, vielleicht surfte er aber auch im Internet nach polizeilich relevanten Erkenntnissen.

»Hat der Täter Psychopharmaka entwendet«, fragte Neumann.

»Nein, ich habe nichts festgestellt«, sagte Frau Rückert, »nur das Geld, ein Schein aus dem Portemonnaie, es war nur dieser drin, fünfzig Euro.«

Ihre Aussprache war dialektfrei. Hochdeutsch. Vielleicht aus Hannover zugezogen, dachte Neumann.

»Kreditkarte«, fragte er.

»Scheint er nicht gefunden zu haben, dafür das Kleingeld, zwei, drei Münzen.«

»Seltsam«, sagte Neumann.

»Das nennen Sie seltsam«, empörte sich Frau Rückert, »er wollte mir ans Leben!«

Sie griff mit beiden Händen um ihren Hals und ließ die Augen hervorquellen.

»Der Kommissar wollte damit sagen«, mischte sich Beyerle ein, »dass es ein untypisches Verhalten für einen Drogenabhängigen ist, wenn er eine Psycho-Praxis überfällt und keine Tabletten mitgehen lässt.«

»Psycho-Praxis verbitte ich mir«, sagte Frau Rückert.

Dieser plumpe Junge, dachte Neumann, diese Ungeschicklichkeit. War ich denn auch so, stell ich mich in meinen Verhören auch so blöd an, irgendwoher muss er es doch haben. Er räusperte sich und fragte, ob der Täter nicht durch eine Anspielung – und erscheine sie auch noch so nebensächlich – vielleicht Hinweise über sich und seine Herkunft oder seinen letzten Aufenthalt gegeben haben könnte, die sie – er machte eine Beyerle einbeziehende Geste – als Fachleute vielleicht zu dechiffrieren in der Lage sein würden.

»Nein«, sagte Frau Rückert bestimmt, »er kam rein, grüßte freundlich, grüß Gott, sagte er, schaute sich um, eingehend um. Es sind ja – wie Sie sehen können – keine Bilder an der Wand, das ist für viele Leute ungewöhnlich. Für ihn wohl auch, denn er sagte, ein paar schöne alte Stiche würden sich hier gut machen. Alte Stiche! Können Sie sich vorstellen, dass ich hier alte Stiche, womöglich vom Hohentwiel, aufhänge?«

»Nein«, sagte Neumann.

»Er wohl«, sagte Frau Rückert. »Ich brauche keine Bilder, und alte Stiche – allein das Wort: alte Stiche! – sind mir verhasst. Mir reichen die Bilder, die meine Patienten in ihren kranken Hirnen mit sich rumschleppen.«

»Ist der für Ihre Patienten«, fragte Neumann und zeigte auf den Spucknapf.

»Ja, ich therapiere auch Fußballer«, sagte sie, »deswegen sehen Sie hier auch keinen Teppich. Sie könnten ihn mit dem Rasen verwechseln.«

Hatte die Frau etwa Humor, dachte Neumann, oder sprach sie als Therapeutin? Auf jeden Fall musste er auf dumme Fragen Beyerles gefasst sein. Wenn Beyerle nichts über Spucknapf und Fußball im Internet fand, würde er Neumann löchern. Seuchengefahr, würde Neumann sagen. Sie werden spätestens bei der Fußballweltmeisterschaft gesehen haben, Herr Beyerle, dass Fußballer nach Kompetenzverlust – Ball vergeigt – automatisch spucken. Die Sauerei kann für andere Spieler bei Rasenberührung schlimme Folgen haben. Deswegen schicken verantwortungsvolle Trainer ihre Spieler zur Therapie.

»Sprach der Mann Dialekt«, fragte er.

»Wie sie hier alle sprechen, schweizerisch oder schwäbisch, ich hör da keinen Unterschied«, sagte sie.

»Wir sprechen hier badisch«, sagte Neumann. Den Einwurf war er seinem Ruf als Monument hegauischen Eigensinns schuldig. Beyerle würde es schon in Polizeikreisen kolportieren.

»Meinetwegen«, sagte Frau Dr. Rückert.

Beyerle feixte in seinen Bildschirm.

Frau Rückert versuchte, das Gespräch mit dem Täter wiederzugeben. Es sei ihr vorgekommen, als wolle er ihr einen alten Stich andrehen.

»Und Ihre Meinungsverschiedenheiten über alte Stiche brachten ihn so in Rage, dass er sie angriff?«

»Weiß nicht«, sagte Frau Rückert, »plötzlich wollte er wissen, was Kompetenzverlustsyndrome sind. Ich fragte ihn, ob er den Eindruck habe, unter Kompetenzverlust zu leiden, worauf er sagte, das wisse er noch nicht. Ich versuchte – mit einfachen Worten –, die Folgen von Kompetenzverlust für psychische und somatische Erkrankungen zu erklären, worauf er mich fragte, ob ich mir vorstellen könne, wie es sei, in einem Maisfeld zu übernachten. Eine überraschende Frage, aber ich kenne derartig irrationale und paradoxe Gesprächswechsel von meinen Patienten zur Genüge. Ich sagte also, an Schlaf sei im Maisfeld wohl nicht zu denken und wie er auf die Frage komme, ob er sich jemals in der Lage, in einem Maisfeld schlafen zu müssen, befunden habe? Seine Kleidung war ja korrekt, wenn auch ein bisschen übertrieben modisch, dieser heutige Freizeitstil, wie Fidel Castro ihn trug nach der Darmoperation im Krankenhaus, Sie erinnern sich gewiss an das Zeitungsfoto?«

»Was mit Streifen«, sagte Neumann.

»Mit Streifen, genau. Trotzdem, nach Übernachtung im Maisfeld sah er eigentlich nicht aus ...«

Frau Rückert sah an die Wand, als projiziere sie das Bild des Täters darauf.

Die spinnt, dachte Neumann, nach solch einem Gespräch springt doch keiner auf und würgt sein Gegenüber.

»Denken Sie bitte nach«, sagte er, »die geringste Kleinigkeit könnte unter Umständen für die Ergreifung des Täters von größter Wichtigkeit sein.«

»Wenn ich mich recht erinnere«, sagte Frau Rückert, »waren seine letzten Worte: Verlust oder Lust – wolln doch mal sehn. Dann sprang er mich an und würgte mich, ich verlor das Bewusstsein ... Als ich es wiedererlangte – ich habe keine Vorstellung von der Dauer, Sekunden oder Minuten –, rief ich die Polizei an.«

Beyerle fand es an der Zeit, sich wieder mit überflüssigen Fragen nach Gesichtsform und Körperbau des Täters einzumischen. Das würde doch der das Phantombild erstellende Spezialist sowieso ermitteln. Neumann unterbrach den jungen Kollegen aber nicht. Er fürchtete dessen Empfindlichkeiten, tagelanges Schmollen und Beleidigttun. Seitdem der junge Anwärter in seinem Büro saß, empfand Neumann ein zunehmendes Unbehagen, ein Unwohlsein ... Vielleicht war das schon sein wachsender Kompetenzverlust, möglicherweise würde die Diplompsychologin ihn bereits als krank einstufen, als Patient mit Kompetenzverlustsyndrom. Er müsste mal mit ihr reden. Ob sie Kassenpatienten nahm?

Er hörte den Anwärter Beyerle die überflüssigsten Fragen stellen, wichtigtuerisch, als hätte er seine Nachfolge bereits angetreten.

Neumann versuchte, auf dem im Gestell hängenden Lederlatz eine bequemere Sitzhaltung einzunehmen, vergebens.

* * *

Es war dumm von ihm, diese Ärztin anzufassen. Er hatte den Fehler schon einmal gemacht, bei der Haushaltshilfe des Pfarrers, dem er einen alten Stich vom Kloster Allerheiligen verkaufen wollte. Das Mädchen war gerade in die Pfarrbibliothek gekommen, als er aus einem alten Kirchenbuch den schönen Stich vom Kloster Allerheiligen schnitt. Er beschwor sie, nichts zu sagen, ganz aufrichtig, er bereue, wolle es nie wieder tun, er erfülle ihr jeden Wunsch – aber sie wollte ihm den alten Stich wegnehmen. Sie rangelten richtig darum. Das war so schön. Er gelangte hinter sie, konnte sie fest an sich drücken, und sie wehrte sich wild, dass er ihre Brust umklammern und sie immer fester an sich drücken musste. Sie wollte ihn von sich schubsen, mit dem Po immer in seinen Unterleib, wie wenn sie es treiben würden.

Auch versuchte Vergewaltigung sei kein Kavaliersdelikt, hatte der Richter gesagt und ihm zwei Jahre aufgebrummt, weil sie noch was von früher gefunden hatten. Er hatte sich geschämt zu gestehen, dass er gar nicht mehr in der Lage gewesen wäre, sie dranzunehmen. Bei der Rangelei hatte er schon kommen müssen, das war ein richtiges Leiden von ihm, die vorzeitige Ejakulation. Das hätten sie mal lieber heilen sollen, anstatt ihn in diese Therapie für Gewaltverzicht zu schicken. Gut, dass er sich davonmachen konnte. Die Haushaltshilfe des Pfarrers hatte so richtig nach Frau gerochen. Da hatte er eine Nase für. Aber sie schubste und puffte ihn weiter, wie wild. Er hatte sie nur an den Hals gefasst, damit sie endlich Ruhe gab. Bei der Diplompsychologin könnten sie aber nicht von versuchter Nötigung sprechen, da war er vorsichtig geblieben. Er hatte ihr nur an den Hals gegriffen, damit sie kapierte, dass seine Kompetenzverluste von besonderer Art waren. Bevor er ihr das richtig erklären konnte, kippte sie schon zur Seite. Er hatte sie ganz vorsichtig auf den Boden gelegt, damit sie sich nicht weh tat. Dass er ihr fünfzig Euro abgenommen hatte, tat ihm leid. Das war gar nicht seine Art. Er hatte sich sein Geld immer selbst verdient. Er konnte auch gar nichts damit anfangen, die Weiber im ›Haus Eden‹ ließen ihn erst ab achtzig Euro rein. Die Psychologin sah ja verdammt gut aus, obwohl sie vielleicht doppelt so alt war wie er. Er hatte sie diesbezüglich nicht angefasst. Das musste sie einsehen. Es kam auf den Ton an. Sie war ja schließlich Psychologin, sie verstand was von den inneren Trieben. Er würde ihr das Geld zurückbringen und sich entschuldigen. Es sei über ihn gekommen, weil sie so eine attraktive Frau sei. Er war gut in Reue.

* * *

Beyerle reichte ihm den Telefonhörer. »Frau Doktor Rückert möchte Sie sprechen.«

Neumann nahm den Hörer, nannte seinen Namen und rasselte, bevor sie etwas sagen konnte, einen Schwall Erklärungen zu den laufenden Ermittlungen herunter, die auch auf die Schweiz und das Elsass ausgedehnt worden seien, wegen ihrer Bemerkung über den Dialekt des Täters.

»Sie brauchen sich nicht weiter zu bemühen«, sagte Frau Rückert. »Der Mann hat mir die fünfzig Euro zurückgebracht und sich herzbewegend und mich völlig überzeugend entschuldigt. Eine stuporöse Affekthandlung, durch eine plötzlich einsetzende Kompetenzvision und Allmachtsgefühle ausgelöst. Das kann bei solchen Naturen durchaus mal vorkommen. Zwei, drei Wochen Therapie, und dann hat er das im Griff.«

»Ja, aber …«, sagte Neumann.

»Ich ziehe die Anzeige zurück«, sagte die Ärztin. »Für mich ist die Angelegenheit erledigt. Vielen Dank für Ihre Bemühungen und die Ihres freundlichen Kollegen. Sollten Sie Auslagen gehabt haben oder andere Ausgaben angefallen sein, stehe ich selbstverständlich dafür ein …«

»Nein, nein«, stammelte Neumann, »dafür sind wir ja da.«

»Dann auf Wiedersehen und besten Dank.«

Immerhin hatte er eine Bemerkung zum Dialekt anbringen können. Ansonsten war das Gespräch für ihn kläglich verlaufen. Wie sprang diese Dame denn mit ihm um? Und Beyerle lauerte schon auf seine Erklärungen. Neumann meinte, in Beyerles Gesicht ein aufkommendes Grinsen wahrzunehmen. Von wegen freundlicher Kollege.

»Frau Doktor Rückert lässt Sie grüßen«, sagte Neumann. »Sie hat die Anzeige gegen den vermeintlichen Würger zurückgenommen.«

»Schade«, sagte Beyerle, »ich hatte da nämlich schon eine Theorie.«

Am liebsten hätte Neumann gesagt: Können Sie sich an den Hut stecken, aber das hätte nur weiteren Kompetenzverlust gebracht.

»Wegen dem Mais«, sagte Beyerle. »Der Täter behauptete ja, sagte die Psychotante, im Maisfeld geschlafen zu haben. Das kann nur symbolisch gemeint gewesen sein.«

Beyerle sah Neumann triumphierend an. »Wer schläft im Maisfeld?«, fragte er mit geschwellter Kompetenzbrust, ohne eine Antwort zu erwarten. Das konnte nur eine dieser Blödheiten sein, die er aus dem Internet hatte. Damit brachte der Anwärter Beyerle die meisten Stunden des Tages zu, aus seinem Internet Quark zu zapfen, den Neumann sich dann anzuhören gezwungen wurde. Er traute sich nicht, was zu sagen, weil der Laptop Beyerles persönliches Eigentum und als unverzichtbar für seine Arbeit erklärt worden war. Der Computer der Dienststelle wurde von Beyerle höchst selten benutzt, das allgemeine, für die Polizei verbindliche Ermittlungsprogramm war ihm nicht fein genug.

»Niemand schläft im Maisfeld«, belehrte ihn der Anwärter Beyerle, »der Hase nicht, das Reh nicht, die Blätter sind ihnen zu scharf, bei Flucht Verletzungsgefahr – im Mais schläft nur der Kolben!«

Das sollte Neumann wohl symbolisch verstehen. »Ein sexuelles Symbol, nehme ich an«, sagte er.

»Genau«, sagte Beyerle, »die scharfen Blätter des Mais schützen den Kolben, entfernt man die Blätter, steht – äh, liegt der Maiskolben schutzlos da.«

Und so einer machte sich Hoffnungen, sein Nachfolger zu werden. Es war zu lächerlich. Mit von scheinbar anstrengendem Denken verzerrtem Gesicht fragte er: »Wenn die Zeit reif ist, fallen die Blätter und der Maiskolben ragt hervor?«

»Vollecht«, rief Beyerle und schlug vor Begeisterung auf den Tisch. »Der wollte seinen Kolben in der Psychotante platzieren!«

* * *

Er lebte jetzt wie Gott in Frankreich. Genug zu essen, ausreichender Geschlechtsverkehr, tägliches Taschengeld. Dafür kaufte er auch ein, weil er kochte für sie und sich. Nur das Feinste. Abends, wenn sie von der Arbeit kam. Erst gab es Champagner, zum

Essen Burgunder. Aus dem Weingeschäft, er war da schon Stammkunde! Danach Schnäpschen. Und zum Schlafengehen wieder Champagner. Sie hatte ihn gleich verstanden. Das war so wohltuend gewesen. Wein doch nicht, Kleiner, hatte sie gesagt. Sie war so einfühlsam. Überhaupt nicht nachtragend. Sie hatte sich den Fünfzig-Euro-Schein in den Ausschnitt gesteckt und gesagt, den verjubeln wir jetzt! Dann waren sie schön ausgegangen. Am selben Abend noch hatten sie sich zu lieben begonnen. Jetzt waren sie ein richtiges Paar. Und schick wie ein Weltmeister war er auch. Sibylle hatte ihn neu eingekleidet, Markenjeans, Shetlandpullover, Bally-Treter. Sie war überhaupt eine fabelhafte Frau. Und vorzeitige Ejakulation gab's nicht mehr, die hatte sie ihm wegtherapiert. Er hatte keinen Kompetenz-verlust mehr, er ejakulierte erst, wenn sie ihn dazu aufforderte. Feine Sache. Er hätte es schon früher nur mit erfahrenen Frauen machen sollen. Da hatte er einfach mehr von. Die jungen Dinger waren zu blöd. Kein Wunder, dass es ihm immer zu früh gekommen war. Allein aus Angst, dass sie weglaufen würden. Der Geschwindigkeitswahn hatte zu seinem Kompetenzverlust geführt. Wie bei den Fußballern, die dauernd spuckten. Ob er gesehen habe, dass die Fußballer nach jedem Fehlschuss oder nach einem Foul immer spucken würden? Das machen sie fürs Fernsehen, hatte er gesagt. Sibylle hatte herzlich gelacht und ihm erklärt, dass pubertierende Jungen mit Spucken ihre Ejakulationsfähigkeit demonstrieren wollen. Das Spucken der Fußballer nach einem Kompetenzverlust bedeute, dass der Spucker dem Gegner mit seinem Sperma an die Backe wolle. Nach dem Spiel. Das hatte er auch noch nicht gewusst, dass Fußballer so schwul waren. Sibylle verstand da was von, er jetzt auch, sie war eine tolle Ärztin.

Sie lachte so süß. Wenn er von den Nächten im Maisfeld und früher erzählte, wie er in Bibliotheken und Archiven immer nach alten Stichen geforscht hatte, Stadtansichten, Burgen, Schlösser, Kirchen. Sie fand das komisch, wenn er erzählte, wie er sie mit der Rasierklinge rausgeschnitten, gerahmt und dann gut verkauft hatte. An Bürgermeister, wenn auf dem Stich ihr Ort, an Pfarrer, wenn ihre Kirche drauf war, an die Bewohner von Burgen und Schlössern, wenn ihre eigenen drauf waren. Alle wollten wissen, wie es früher ausgesehen hatte. Damals gab es ja noch keine Fotografien. Deswegen lief das mit den Stichen so gut. Manchmal war es auch vorgekommen, dass er die alten Stiche wieder an die Leute verkauft hatte, die eigentlich auf die Bücher hätten aufpassen müssen, aus denen er sie geschnitten hatte. Seine Rahmen waren allerdings auch klasse. Er kaufte Goldleisten und schmirgelte sie ein bisschen ab, bis sie schön alt aussahen. Und das Glas machte er alt, indem er auf die Innenseite einen Hauch Eisenrost rieb.

Weil er genug Zeit hatte, fing er langsam an, auch in Singen zu arbeiten. Sibylle kannte sich aus, wo Bücher mit alten Stichen, auf denen der Hohentwiel drauf war, herumstanden. Sie wollte auch unbedingt einen haben. Kein Problem. Obwohl sie keine Bilder mochte, alte Stiche schon gar nicht. Das war eben ihr Sinn für Humor. Den Goldrahmen schmirgelte er für sie nicht mit Schmirgelpapier, sondern mit grobem Salz, dadurch wurden die Schadstellen unregelmäßiger, und der Rahmen sah noch älter aus. Das Leben war schön. Er hatte es in diesem Umfang vorher nicht gewusst. Und Sibylle machte ihn richtig an. Es störte ihn nur eine Kleinigkeit. Sie wollte jedes Mal, wenn sie so weit war, dass er sie ein bisschen würgte. Es ist doch so schön, Sibylle, sagte er oft, lass mich das doch nicht machen, ich brauch das nicht. Aber ich, sagte sie dann und lachte. Das war eben ihr Humor.

* * *

Anruf eines Patienten der Frau Dr. Rückert, sie sei zu verabredeten Terminen wiederholt nicht in der Praxis gewesen. Auch auf dem Anrufbeantworter ihrer Wohnung kein Hinweis. Von Verwandten wisse der Anrufer nichts. Beyerle hatte diesmal die richtigen Fragen gestellt, sogar die Adresse des Anrufers notiert.

Als die Polizei die Wohnung von Frau Dr. Rückert aufbrach, fand sie die Vermisste am Befestigungsring der Gardinenstange im Wohnzimmer, erhängt. Unter ihren Füßen lag ein umgestürzter Hocker.

»Eindeutig Selbstmord«, sagte Anwärter Beyerle, der die Aktion geleitet hatte, als Neumann eintraf.

»Abschiedsbrief?«, erkundigte sich Neumann.

Er habe alles gründlich abgesucht und nichts gefunden, beteuerte Beyerle.

Neumann sah sich um. Die Wohnung war wohl vom selben Designer eingerichtet worden wie die Praxis. Nur gut, dass er sich diesmal nicht setzen musste.

Bis auf eine Ausnahme hing auch kein Bild an der Wand. Über einem wie eine Banane geformten und gefärbten Ledersofa, in das eine Leuchte integriert war, die Neumann an ein Eisschirmchen erinnerte, hing ein kleines graues Bild in einem alten Goldrahmen. Als er näher trat, sah er, dass es ein Stich vom Hohentwiel war. Neumann nahm das Bild ab und prüfte die Wand dahinter. Nicht die Spur einer Aufhellung.

Frau Doktor Rückert hasste Stiche doch!

»Lassen Sie das Opfer in die Pathologie bringen«, sagte Neumann, »wenn auch das Ergebnis der Untersuchung schon jetzt feststeht: Unter den Strangulationssymptomen wird man Würgemale finden. Der Selbstmord ist vorgetäuscht. Der Täter ist der Maisfeldschläfer. Er hat sie erwürgt und dann aufgehängt. Sofort die Fahndung einleiten!«

Beyerle schaute ihn verwundert an. Neumann meinte auch, in Beyerles Augen so etwas wie Respekt aufblühen zu sehen. Es schien nachgerade, als brauche sich Kommissar Neumann um Kompetenzverluste vorläufig keine Sorgen zu machen.

Bitte beachten Sie
auch die folgenden Seiten

Otto Jägersberg
im Diogenes Verlag

Weihrauch und Pumpernickel
Ein westfählisches Sittenbild

Ein Coming-of-Age-Roman aus Westfalen: Georg, noch während des Zweiten Weltkriegs geboren, wächst auf in einer ländlichen Welt mit schrulligen Originalen, handfestem Essen und kerniger Doppelmoral. Er lernt und verliebt sich und malocht und schreibt und fühlt eine Sehnsucht nach der Großstadt in sich heranreifen. Ein scharf beobachteter Heimat- und Schelmenroman in einer deftigen und sinnlichen Sprache.

»Das ist nun wirklich ein guter junger Schriftsteller, frech und gottesfürchtig. Ich gratuliere Ihnen zu diesem Fund! Leute, bei denen man nicht lachen muss, sondern lachen kann, sind ja äußerst selten.«
Alfred Andersch

Keine zehn Pferde
Gedichte

Zwischen Kneipe und Lotterbett
zerren sie an dir herum
die zehn Pferde des Sprichworts
aber du weichst nicht …

Ein Mann hat drei Brillen, nie sind sie zur Hand, wenn er sie braucht. Eigentlich sollten sie auf dem Tisch liegen. *Manchmal such ich herum / drei Brillen auf der Nase / wo ist der Tisch.* So kann es gehen in den Gedichten von Otto Jägersberg.
Der Dichter selbst hat auch drei Brillen. Eine für das Nahe, das er so dicht heranholt, dass es auf einmal fremd und neu wirkt. Eine für die Ferne, wohin seine Sehnsucht schweift. Und eine für das Komische, das er im Zusammenprall von Hehrem und Bodenständigem überall entdeckt.

»Jägersberg ist imstande zu beweisen, dass selbst die Lyrik, die subtilste und feinnervigste der drei klassischen Gattungen, eine Angelegenheit für die Lachmuskeln und das Zwerchfell sein kann.«
Jochen Kelter / Stuttgarter Zeitung

»Der Lyriker Jägersberg ist ein Geheimtipp.«
Gunhild Kübler / Neue Zürcher Zeitung

Der Herr der Regeln

Roman

Der Glaube an das Glück erfordert täglichen Kampf. In einer deutschen Kleinstadt sitzen drei Männer beim Spiel. Aus der Gewohnheit entstehen Freundschaften. Im Hintergrund ihrer Familien erziehen, singen und philosophieren die Frauen. Die Männer mischen die Karten. Die Regeln sichern den tiefen Frieden. Bis der Tag der Abrechnung naht. Ein Buch von der Liebe, vom Tod und von den Spielregeln.

»Wahrhaftig ein böses Buch, gescheit, anschaulich und spannender als so mancher Krimi, der den Leser das Fürchten lehren will.« *Neue Zürcher Zeitung*

»Ein Roman, der durch die Schilderung trivialer Lebensumstände in der Kleinstadt fasziniert.«
Das neue Buch, Bonn

Kurz und bündig

Die schnellsten Geschichten der Welt

Eingefangen von Daniel Kampa

»Kürze ist die Schwester des Talents«, behauptete Anton Čechov und lieferte gleich selbst den Beweis. Er schrieb neben weltberühmten Kurzgeschichten auch Kürzestgeschichten, die weniger als fünf Zeilen umfassen. *Kurz und bündig* versammelt die schnellsten Geschichten der Welt, kleine Geschichten von großen Autoren wie Anton Čechov, F. Scott Fitzgerald, W. Somerset Maugham, Franz Kafka, Kurt Tucholsky, Friedrich Dürrenmatt, Loriot, John Irving, Ingrid Noll, Doris Dörrie, Jakob Arjouni und vielen anderen. Spannende, berührende, groteske, optimistische Geschichten ›in a nutshell‹, entweder nur einige Zeilen lang oder maximal in fünf Minuten zu lesen. Zum Abschalten zwischendurch, zum Lesen während einer kurzen Busfahrt, während des dreiminütigen Zähneputzens oder beim Warten auf das Fünfminutenei. So schnell haben Sie noch nie so tolle Geschichten gelesen!

»Genauigkeit und Kürze – das sind die ersten Eigenschaften der Prosa.« *Aleksandr Puškin*

»Unter dem zeitgemäßen Titel *Kurz und bündig* hat Diogenes die schnellsten Geschichten der Welt gesammelt. Lesenswert nicht nur für eilige Leser!« *Oberösterreichische Nachrichten, Linz*